石川忠久

漢詩の講義

Ishikawa Tadahisa

Kanshi no Kohgi

大修館書店

石川忠久　漢詩の講義

目次

第五章　漢詩と紀行

第六章　漢詩と恋愛

第七章　漢詩と日本人

第八章　漢詩と歴史

石川忠久　漢詩の講義

第一章 漢詩と人生

悠然として南山を見る

一口に人生と言いますが、よく考えるとこれが何だかわけがわからない。生まれてから死ぬまでが人生ですけれども、その生まれてから死ぬまでの折り折りにいろんなことがあります。そのいろんなことに触れて、昔の人はたくさん詩を残しています。たくさんありすぎてどれを選ぶか迷いましたが、あえて五首ほど選んでみました。

まず、人生の一番の問題は何かというと、一体どうやって生きたらいいかということです。これは永遠の命題で解決などできません。どうやって生きたらいいか。いろんな人がいろんなことを言っています。例えば陶淵明という詩人がいました。陶淵明は西暦で言いますと、四世紀から五世紀という時代の人でありますが、その陶淵明の「人生いかに生くべきか」という答

えは、次の詩に書かれています。

飲酒　其五　陶淵明

結廬在人境　廬《いおり》を結んで人境に在り
而無車馬喧　而《しか》も車馬の喧《かしま》しき無し
問君何能爾　君に問う　何ぞ能《よ》く爾《しか》るやと
心遠地自偏　心遠ければ　地自《おのず》から偏なり
采菊東籬下　菊を采る　東籬の下《もと》
悠然見南山　悠然として南山を見る
山気日夕佳　山気　日夕に佳く
飛鳥相与還　飛鳥相い与《とも》に還る
此中有真意　此の中《うち》真意有り
欲弁已忘言　弁ぜんと欲して已に言を忘る

折りから晩秋の季節、菊の季節であります。その菊の花を摘んで、やおら腰を伸ばして南の山を見る。そうすると、山にぼうっと霞がたなびいている。その霞のたなびく中にカラスがカーカー鳴きながら山のねぐらに帰っていく……。この中に真意があるんだよ、と言っているんです。

陶淵明に言わせると、人生の本当の意味がこの中にあるんだ。しかし、それを説明しようとしても、それはできない。言葉を忘れてしまう。だから、もし、本当の意味がわかりたかったら、俺と同じ生活をしてみろということです。では、どんな生活をしているかというと、その謎が、

菊を采る　東籬の下、悠然として南山を見る
山気　日夕に佳く、飛鳥相い与に還る

です。

これにはいろいろ後世の批評家の解釈があり、それぞれに観賞すればいいんだと思いますけれども、蘇東坡《そとうば》などに言わせると、菊を摘んで、南の山を見るという、この悠然としている態度がいいんだと。

さて、この本当の意味は何だろうか。実はこの陶淵明の生きていたころには、菊は漢方薬としてよく用いられたものなんです。菊の花びらを摘んで食べたり、お酒に浮かべて飲んだりする。そうすると、長生きするというふうに信じられていたわけです。

南の山は何かというと、これは欠けもせず、崩れもしない、いつまでもいつまでも長生きし

ているものの象徴なんです。

今から三千年以上も昔の『詩経』に、南の山を詠っています。「南山の寿の如く、騫《か》けず崩れず」（小雅・天保）と。この南の山というのは、長安の南の終南山という山なんですね。陶淵明が見ている山は終南山ではなくて廬山《ろざん》という山なんです。それを「悠然として廬山を見る」と言わないで南山と言ったのは、昔の人が言った南山の意味を思い出せということなんです。欠けもせず、崩れもしないでいる、あの南の山。それと同じように人間が生きていられたらな、という願望です。

人間の一つの大きな願望は、死なないで、いつまでもいつまでも長生きすることです。これが、「菊を采る　東籬の下、悠然として南山を見る」ということの裏にある。もう一つは、「山気　日夕に佳く、飛鳥相い与に還る」。山気というのは山霞のことでありますが、その山霞が夕暮れにたなびいている。そこに連れだってカラスが帰っていく。これは何かというと、安息、安らぎだと思います。山の寝ぐらへ帰って、一日の仕事が終わって安らぐんです。

陶淵明先生の答えは、私なりに要約すると、長寿と安息ということです。これが人生の一番大事なことだという回答であります。私はここに詩人の鋭い感覚が出ていると思います。

人生いかに生くべきかということについては解決は難しい。これが満点だという回答はない。しかし、この詩はいいところを言っていると思う。これは古今東西、相当普遍性があることだと思います。それをズバッと言っています。ただ「長寿と安息」というふうに直接的に言ったんじゃ詩人じゃない。菊を摘んで悠然として南の山を見る。山気日夕に佳く、飛鳥相い与に還る。どうだ、わかったか。わからない者はもう相手にしないんですね。

古詩に見る人生の哀歓

陶淵明先生のような人ならいいとして、では凡人はどうするかというと、この「古詩十九首」などが一つの例であります。「古詩十九首」というのは、全部詠み人知らずです。誰が作ったのかわかりません。しかし、相当の作り手が作っていることは間違いない。いつごろのものかというと、これもよくわからない。おおよそ紀元後の二世紀ころにはできていただろうと思います。

中国の詩の歴史は古いです。先ほど言った『詩経』は紀元前の十二世紀ごろです。紀元前の十二世紀ごろから『詩経』にあるような歌がずっと興って、そして漢に流れていく。漢という王朝は紀元前の二世紀から始まっています。厳密に言うと紀元前三世紀の終わりから始まっているんですけれども、一応紀元前二世紀。そしてこの詩は、紀元後の二世紀の中ばごろにはできていたんだろうと思われております。

古詩十九首　其十五　無名氏

生年不満百　　生年百に満たざるに

常懐千歳憂
昼短苦夜長
何不秉燭遊
為楽当及時
何能待来茲
愚者愛惜費
但為後世嗤
仙人王子喬
難可与等期

常に千歳の憂いを懐く
昼は短くして夜の長きに苦しむ
何ぞ燭を秉《と》って遊ばざる
楽しみを為すは当に時に及ぶべし
何ぞ能く来茲《らいし》を待たん
愚者は費《ついえ》を愛惜し
但《ただ》後世の嗤《わら》いと為るのみ
仙人王子　喬《きょう》
与《とも》に期を等しくすべきこと難し

「古詩十九首」の十九という数はたまたま十九残っていたので十九首というだけのことです。一人の人が十九首作ったわけでもなく、また、同時に作ったものでもないらしい。ばらばらに作ったものがまとまって十九首です。その第十五首。ほかの十八首については御紹介することができませんが、当時の庶民の喜び、悲しみというものが、素朴な表現でもって詠われています。素朴ではあるけれども、かなり高い芸術性が既にあります。これはたとえて言うなら我が国の『万葉集』の東歌《あずまうた》みたいな、表現は素朴だけれども、深い芸術性があるというのと似ていると思います。

生年百に満たざるに、常に千歳の憂いを懐く

生きている年月は百にも満たないのに、いつも千年の憂いを懐いているのが人間だ、と。人間というものは、寿命は長くて百年。いまは長寿の時代になったけれども、それでも百まで生きるのはなかなか難しいですね。

その短い人生に千年経っても解決できない憂いを抱いている、と。この千年経っても解決できない憂いというのは何だというと、突き詰めて言うと、人間は死ななきゃならぬということです。だから、このことを考えると夜も寝られないのです。死にたくないから長寿という願望が出てくるわけです。

昼は短くして夜の長きに苦しむ、何ぞ燭を秉って遊ばざる

昼間遊ぼうと思っても短い。逆に夜は遊べないが、長くてたまらぬと。だから、夜、灯を取って遊べばいい。どうして灯を取って遊ばないのか、という言い方です。「何ぞ〜ざる」という言い方、「何不」という二つの字はそういう強い詰問の調子です。どうしてそうしないのか、ろうそくをつけて遊べ、と。

なお、ろうそくというのは今は安いものですけれども、昔は高いものだったんです。そんなものドンドン燃やして夜遊ぶことは滅多にできないことだった。それをあえて言っているんで

す。ろうそくをつけて遊べ。

楽しみを為すは当に時に及ぶべし、何ぞ能く来茲を待たん

楽しみをするのは、当然時に及ばなきゃならない。時に及ぶというのは、わかりやすく言えば、チャンスをつかまえるということです。例えば、今ちょうど春爛漫とする。家のなかでくすぶっているより、外へ出て桜を見た方がいい。桜は明日散るかもしれない。だから、桜の咲いているときに桜を見る。これが時に及ぶということです。

「及ぶ」という字は面白い字で、私は文字学者じゃないから受け売りですけれども、上の部分は人なんです。下の部分は手です。「待て」とつかまえているという字だそうです。だから、どんどんと年月が流れていると、ちょっと待てと。こういうふうにつかまえるということです。

小篆「及」字

楽しみをするには当然そのチャンスをつかまえなければいけない。どうして来年を待つことができようか。「来茲」というのは来年です。今年遊ばなくても来年があるさ、などと言ってたら、来年死んでしまうかもしれない。昨日まで元気な人が急に倒れることだってある。だから、今遊べ。

愚者は費を愛惜し、但後世の嗤いと為るのみ

愚か者は費用をけちけちする。愛惜の愛というのも「惜しむ」という意味です。愚か者は費用をけちけちと惜しむ。それはただ、後世に笑われるだけだ。「嗤いと為る」というのは受け身の言い方で、笑われるだけだと。

ここで、さっき言いましたようにろうそくは高い。高いからつけない、遊びもしない。これは馬鹿馬鹿しいということです。そんなことをしたら後世の人に笑われるよ。幾ら高くたってろうそくを買ってきて、それで遊べということです。

仙人王子喬、与に期を等しくすべきこと難し

あの仙人の王子喬はうらやましい。しかし、その王子喬と期を与にすることはできない。難しい。「期を与にする」というのは寿命を共にする。仙人は死ぬことはありませんから、仙人と一緒にいつまでもいつまでも生きていくということは難しい。だとすれば、短い人生は遊べという結論になります。これがごく普通の人の考える結論でありましょう。夜もろうそくをつけて遊べと。これが庶民のわかりやすい解決法ということで、この作品が生まれますと、そうだ、そうだと思う人が多いわけですから、この作品はずっと読まれて今日に及んでいるわけです。

五言のリズムでできていますから、中国語で読みますと、とんとん、とんとんとん、と調子

がいい。日本の漢文の訓読というのも長い歴史がありますので、それなりのリズムもありますけれども、これはもともと外国の詩ですから、外国語のリズムでもって観賞すると、より味わいが深くなるという理屈であります。

「古詩十九首」の中に、このほかに死という問題について詠ったものが幾つかあります。第十三首に、

　車を駆る上東の門、遥かに望む郭北の墓

と言って、都の門を出てお墓の方を見る。

　白楊何ぞ蕭蕭たる、松柏は広路をさし挟む

ポプラが墓を包むように生い茂っています。松や檜もお墓に植える木でしょう。それがいっぱいある。

　下に陳死の人あり、杳杳《ようよう》として長暮に即《つ》く

昔から死んだ人が墓の中にいる。永遠の眠りについている。

この墓の中の人はずっと永遠の眠りについているから、遊ぶことができないわけです。今生

きている我々は、短い人生であるから、生きているうちに何とかおいしいお酒を飲んで、いい服を来て遊ぼうというのです。ちょうど紀元後の二世紀のころの庶民の素朴な感慨が詠われている歌をまず御紹介しました。今のは漢という時代です。

我々が漢文とか漢詩とかいう時の「漢」というのは、中国の意味で使っていますが、今の「漢」は王朝の名前です。もともとはこれは川の名前です。中国へおいでになった方はおわかりだと思いますが、武漢という町があるでしょう。西北の方からあそこへずっと流れ込んでいる川が漢水という川で、あの上流が漢という地方です。その辺りから興った王朝だから漢と言うんです。

世界最高の詩人、李杜

さて、今回の話のメインは次の杜甫です。ぱっと時代が飛びましてこの人は八世紀の人です。先ほどの「古詩十九詩」が二世紀ごろだといたしますと、それより六百年ほど後になります。

杜甫という詩人を知らない人はいないでしょうね。中国最高の詩人です。もう一人李白。この二人が中国の最高の詩人です。李白と杜甫で李杜と言います。中国最高の詩人ということは、世界最高の詩人ということです。中国の詩というのは、世界最高の詩だからです。そりゃそうですよ。中国の詩は、紀元前の十二世紀からもう興っているんです。ずっと絶えることなく流れ続けているわけです。一度も絶えたことはない。そして、いろんなものが加わってくる。南の方から楚辞というのも興ったでしょう。これは一句三言が基調です。『詩経』は四言詩。それからこの五言詩が添えられて、大きな流れになって流れ続けて、そして今度は六世紀ごろ七言詩が出てきた。こういったものは全部そろったのがちょうど西暦で七百年ごろの唐の時代なんです。李白や杜甫が生まれたころです。

ですから、計算してみると二千年。紀元前十二世紀から紀元後の八世紀までですから、中国の詩、漢詩というのは、二千年間磨き抜いているんですよ。いろんな言葉を作り、テーマを広げ、修辞を練り、形式を整えて、練りに練ってちょうど八世紀の初めのころに詩が完成したわけです。こんなに長い間流れ続けて、こんなに長い間手を入れ続けた詩歌というのは世界にないと思います。唐以後はこの形を守って、ずっと宋・元・明・清と、流れ続けているわけです。何といってもピークは唐ですよ。そのピークに至るまで二千年かかっているのです。

私の友人にフランス文学をやっている人がいますけれども、フランスで詩は大体いつごろの詩が古いのかねと聞いたら、十四世紀だというんです。十四世紀などというのは、中国文学をやっていたらつい昨日の話ですよ。十四世紀を中国の王朝で言うと、元から明です。明は一三六八年に始まりましたから、元から明のころですよ。その前に北宋と南宋と二つあり、その前に五代があり、その前が唐で、その前が隋で、隋の前が六朝で、六朝の前が三国で、三国の前が後漢、その前が前漢、その前が秦、秦の前が戦国時代、その前が春秋時代、この末期に孔子が出ています。その前が西周時代。西周の前が殷です。だから、十四世紀などというのはつい昨日の話になってしまうんです。

そんなわけで、中国の詩が世界で最高だということについて異論をはさむことはできないんじゃないかと思います。その中の最高クラスの二人ですから、世界最高と言っていいわけです。この世界最高の李白と杜甫、これが同時に現れた。李白も一緒に紹介するといいんでありますが、今回のメインは杜甫です。この人は七一二年という年に生まれて、七七〇年という年に亡くなった。我が国で言うとちょうど奈良時代に当たるわけです。まずこの八世紀、杜甫がどのように生きていたかを見てみましょう。

杜甫の生きかた

杜甫が李白と知り合ったときが三十三歳、そのとき李白は四十四歳だった。四十四歳の李白と三十三歳の杜甫が知り合って、一年くらい付き合って別れて、李白は放浪の生活に入りますが、杜甫は都に出て、これから出世しなければならない。まだ書生ですから、試験を受けて合格して、高級官僚になって王朝のために尽くしたい。これが杜甫の願望です。

ところがそうはいかなかったんです。彼は何回試験をしても受からない。杜甫が馬鹿だったからじゃない。杜甫はばりばりの秀才です。なぜ落ちたかというと、これは私の想像ですが、杜甫はちょっと人に嫌われていたんじゃないかと思う。その嫌われていた理由の一つが、自分

の才能を鼻にかけていたこと。人間はえてして用いられないと怒るでしょう。孔子も言っているじゃないですか、

人知らずして慍《いきどお》らず、亦た君子ならずや（『論語』学而篇）

人が認めてくれなくても怒らないのが、君子の態度だよ、と。こういうことをわざわざいうのも、世の中にはこのような例が多いからですね。人が認めてくれないので怒る。それが態度に出る。就職を頼みにいくと、最初はお願いしますと言っているのに、だんだん腹が立ってきて、たんかを切って帰ってしまう。実際、杜甫にそういう詩があるんです。そんなわけで、どうもこの男は人に嫌われていたんじゃないかと思うんです。これが一つ。

杜甫（『晩笑堂画伝』より）

もう一つは、私の最近の考えですが、彼のおじいさんで、則天武后朝の宮廷詩人に杜審言《としんげん》という人がいました。杜甫の生まれたときには死んでいたんですけれど、『唐詩選』にも詩が幾つか取られている人です。

則天武后は玄宗皇帝のおばあさんに当たります。この則天武后は中国で唯一の女帝になった人ですが、非常な権力をふるったということで、歴史では悪く言わ

れていますけれども、文化的には高い評価をされている。というのは、この人自身も詩を作るし、詩人を大事にした人です。詩人をかわいがって、たくさんの宮廷詩人がその下に寄った。それはよかった。杜甫のおじいさんの杜審言もこの則天武后にかわいがられた。

ところが、この則天武后は、ちょっと身持ちが悪かった。年八十歳になっても男妾に狂ったんです。その男妾がいい人ならいいですよ。だけれども、こういうのは悪いに決まっている。この男妾が権力を握ったんです。その男妾は結局、目にあまることをやって殺される。則天武后も退位させられる。そして、取り巻きの連中もみんな流されたんであります。杜審言はどこに流されたか、ベトナムへ流されたんです。

その当時のベトナムですから大変なところであります。そこへ流された。結局、死なないで生きて帰ることができましたが、杜審言という男は評判の悪い男です。歴史に悪く書かれています。この人物が死ぬ、いまわの際、友達がみんなやってきて見取った。そのときに杜審言は何と言って死んだかというと、「諸君、おめでとう」と言った。今まで私が君たちの頭を押さえつけていて悪かったな。俺の才能が高いから、君たちの頭を押さえつけていた。俺が死ねば君たちはさぞかしせいせいするだろうな、おめでとう、と言って死んだ。死ぬ間際までそんな嫌味なことを言って死んだというんです。ちゃんと伝記に書いてあるのですよ。

こういうような人物でありますから、杜甫はおじいさんの悪い評判のために、どうも社会的に認められなかったんじゃないかと思うんです。何だい、あいつは則天武后の男妾に取り入った杜審言の孫だよ、とうしろ指をさされたんじゃないでしょうかね。

この私の想像は、決して突飛な想像ではない。なぜなら杜甫の作品が今千五百くらいも残っていますけれども、おじいさんのことに直接言及したものは一つもない。これは不自然じゃないですか。この杜審言という人は時代を代表する大きな存在だったんですよ。そんな人をおじいさんに持っていたら、おじいさんのことを詩に詠うくらいのことは孫として普通でしょう。それが一つもないということは、わだかまりがあったんですよ。

もう一つ、彼が洛陽に行ったときに、ちょうどできて間もない今の龍門の石窟を見ているんです。あそこに奉先寺というお寺があったんです。そこに泊まって、奉先寺の詩を作っているんです。できたばかりの、あの則天武后がモデルだと言われている美しい石像、ごらんになった方も多いと思う。あのことを一言も詠わないのです。周りのことばかり詠っている。それは則天武后に対してちょっと含むところがあったんじゃないですか。普通だったら、できて間もない美しい石像を見て、それを真っ先に取り上げて詩に詠うんじゃないでしょうか。それをお寺の周りのことばかり詠っている。これは不自然だと思う。これらは旁証でありますけれども、杜甫の不遇の背後には、そういうことがあるんじゃないか。

安禄山の乱

杜甫は結局、都に出て十年間試験に受かりません。就職もできません。その間、結婚もした、子どももできた、生活は苦しい。都は物価も高い。そこで、やむなく女房、子どもを親戚に預けて、単身都に残留する。そうして、ようやく就職に成功した。これはもうごくつまらぬ役職です。今で言うと武器庫の係長。それでも御の字だということで、その武器庫の係長にやっと就いたときが、皮肉なことに安禄山の反乱した月なのです。西暦七五五年の十一月のことであります。杜甫はその十一月の初めに就職に成功したらしいが、それから十日も経たないうちに今の北京の辺りから安禄山が反乱を起して、ずっと南に下がって、そして西へ向って、十二月には洛陽が陥落し、函谷関でしばらく持ちこたえましたけれども、翌年の六月には都の長安も陥落し、玄宗皇帝は命からがら楊貴妃を連れて逃げた。逃げる途中、楊貴妃が殺されたでしょう。この辺のことは白楽天の「長恨歌」に詳しい。

政府の高官や皇族たちもみんな一緒に逃げた。六月十三日の朝まだきです。我が杜甫はどうしたかというと、もたもたしておりましたから安禄山につかまった。ついでに言いますと、あの王維もつかまったんです。王維は偉い人ですから、つかまっても特別待遇だったけれども、杜甫の場合は木端《こっぱ》役人でしたから軟禁状態です。その軟禁状態でちょろちょろと抜け出して作った作品が、あの有名な、

国破れて山河在り、城春にして草木深し

という詩、「春望」です。

都の長安がめちゃめちゃに荒廃しているということを見て詠んだ詩です。都の様子を見に出ているわけですから、牢屋にとらわれているわけではない。

また「哀江頭」という詩を作っているでしょう。玄宗と楊貴妃が遊んだ宮殿の跡へ来て、唐の王朝華やかなりしときのことを思い出している詩がありますが、そういう詩を作っている。

そして、その詩を作ったすぐ後、彼は決死の脱出をします。いつまでも安禄山につかまっていたら、いつ殺されるかわからない。死んでもともとだと思ったんでしょう。脱出して成功します。成功して、よく逃げてきたということで思いもかけない抜擢をされるわけです。ここまではよかったんです。ところが張り切り過ぎちゃった。これが杜甫の悲しいところ。杜甫というのは本当に世渡り下手です。

私は杜甫の履歴を見るたびに、杜甫に同情するんです。世渡りが下手なんです。抜擢されて就いたのがどういう役職かというと、「左拾遺《さしゅうい》」という官です。皇帝陛下といえども人間であるから落度もある。それを臣下が見て、ときどきお諫め奉るという役職。これを諫官といいます。あるいは献納の官と言います。お遺《わす》れになったものをお拾い申し上げるという役職です。

こういう役職に就いても、普通の人は黙っているんです。だいたい人は一々忠告されたら面白くないものです。だから、こういう役職に就いても、「結構でございます、陛下、すばらしゅうございます」と言っていればいい。

ところが、その時、立派な将軍が体が悪いばかりに戦争に負けたんです。負けたから、敗軍の将軍は降格されてひどい処罰を受けるわけです。それに対して彼は同情して、陛下、これはちょっと重過ぎますと言って、口を出してしまった。これは身分の低い者が政府の高官の人事に口を出したということです。越権行為です。これが皇帝陛下の逆鱗に触れた。何を生意気言うか、首だと。すぐに首にはならなかったのでありますが、これで杜甫の命脈は終わり。馬鹿な杜甫。黙っていればいいのにね。結局、せっかく就いた左拾遺をしくじるんです。

人生七十、古来稀なり

「曲江」という杜甫の名作は、もう人生に希望がないというわけで、この事件の翌年の春に作られたものです。時に四十七歳。

曲江　杜甫

朝回日日典春衣
毎日江頭尽酔帰
酒債尋常行処有
人生七十古来稀
穿花蛺蝶深深見

朝《ちょう》より回《かえ》りて日日春衣を典《てん》し
毎日　江頭に酔を尽して帰る
酒債　尋常　行く処に有り
人生七十　古来稀なり
花を穿つ蛺蝶《きょうちょう》は深深として見え

点水蜻蜓款款飛　　水に点する蜻蜓《せいてい》は款款《かんかん》として飛ぶ
伝語風光共流転　　風光に伝語す　共に流転しつつ
暫時相賞莫相違　　暫時　相い賞して相い違うこと莫かれと

「人生七十　古来稀なり」というこの句は有名でしょう。今、七十歳のことを古稀というのはこの句から始ったものです。

曲江というのは長安の東南の隅にあった公園です。大きな池があった。これを曲江という。川から水を引いてある。その水のほとりにたくさんの宮殿があったらしい。それが荒廃していることを、かつて軟禁中に「哀江頭」という詩の中で彼は詠っています。

少陵野老呑声哭　　少陵の野老　声を呑んで哭《こく》し
春日潜行曲江曲　　春日潜行す　曲江の曲

という詠い出しです。今は安禄山の乱も収まって、自分は王朝に仕える身分なんでありますけれども、すでにもうしくじっています。そこでやけ酒を毎日飲んでいるんです。

朝より回りて日日春衣を典し
毎日　江頭に酔を尽して帰る

毎日毎日この曲江のほとりに酔っぱらって帰ってくる。

第一句の「春衣を典し」というのは春着を質に入れることです。晩春ですから、もう春着は要らない。その春着を脱いですぐに質に入れて、なにがしかの金にして、酒場に行って飲んでしまう。

ここでちょっと御注意しますと、第一句に、「日日」とあり、第二句にも「毎日」と言っているでしょう。日という字が三つもある。これは一種の強調形式です。杜甫は意識して毎日毎日と強調しているんです。

酒債　尋常　行く処に有り
人生七十　古来稀なり

酒の借金はいつも行くところ、行くところにある。しかし、人生七十歳まで生きる人は昔から稀ではないか。どうせ短い人生なら、昔の「古詩十九首」にも詠っているように、酒を飲もう、という意味です。さっき見た「古詩十九首」と同じことを言っているわけです。

なお「人生七十　古来稀なり」という句と「酒債　尋常　行く処に有り」というのは対句になっているんですけれども、一見対句風じゃないでしょう。これは「尋常」という言葉が一つの仕かけになっている。尋とか常とかいうのは実は長さの単位です。長さの単位でありますから、数字を中に隠しているので、七と十という数字とうまく対になっているんです。

ここで杜甫は、人生七十歳まで生きる人は稀だと言った。これは本当のことです。現に杜甫も五十九歳で死にました。尊敬する先輩の李白は六十二歳で死にました。

有名な詩人の年齢を見てみますと、例えばこの後に出てくる岑参《しんじん》は五十六歳です。陶淵明は六十三歳です。長い方です。李商隠は四十七歳で死にましたし、柳宗元も四十七歳です。王維は六十一歳です。みんな七十歳まで生きていないでしょう。ぱっと頭に浮かぶ詩人で七十歳以上生きたのは白楽天と宋の陸放翁《りくほうおう》、白楽天は七十五歳、陸放翁は八十五歳まで生きました。この二人が大きな詩人では例外的でありましょう。彼の言うとおり、七十歳まで生きるのは稀でありました。

花を穿つ蛺蝶は深深として見え
水に点する蜻蜓は款款として飛ぶ

何げない風景描写でありますけれども、この風景描写の中に深い意味が込められている。見るとチョウチョウが飛んでいる。「蛺蝶」はチョウチョウのことです。「花を穿つ」と言うから、大きな花で、例えば牡丹の花などが考えられる。ちょうど季節は晩春のころでありますから、牡丹でしょうね。大輪の牡丹の花の中にチョウチョウが深ぶかと入っていく。そして蜜を吸っている。花を穿つ蛺蝶は深深として見える。

もう一つの方はどうかというと、トンボです。「蜻蜓」はトンボ。トンボが水の上にちょんちょんとおしりをつけながら飛んでいる。ゆるゆる飛んでいく。「款款」というのは緩やかという意味です。

牡丹の花の中にチョウチョウがふかぶかと入り込んでいるのが見えるし、また、水の上におしりをちょんちょんとつけなからトンボがゆるゆる飛んでいると。この「深深」と「款款」という言葉に込められたものは何かというと、時がゆっくり流れている。できればそれを止めたいのです。

風光に伝語す　共に流転しつつ
暫時　相い賞して相い違うこと莫かれと

この晩春の風光に言葉を伝えたい。一緒にゆっくり流れようよと。しばらくの間、この美しい景色をめでて、この美しい景色、美しい季節に違うことのないようにしたいもんだ。

わかりやすく言うと、今は晩春のまことにうららかなよい季節であり、また、見えている景色もまことに美しい景色であるから、この一瞬をいつまでもいつまでも大事にしていたいので、風光よ、そうさっさと過ぎていくな、ということです。時よ止まれ、と言っているんです。叫んでいるわけです。

このときの杜甫の心境はいかばかりか。私はこの詩を見るたびに涙が出てくるのです。深い趣のある詩だと思います。

晩年の杜甫

この後、杜甫はどうしたかというと、間もなく首になりまして、華州司功参軍《かしゅうしこうさんぐん》として華山の麓にやられて、そこでどうも生活が成り立たなかったと見え、その官職を捨てて、現在の四川省の方へ落ち延びていきます。四川省の方に親しい友人がいるので、その庇護を受けようと。そこで彼は現在もある成都の浣花草堂《かんかそうどう》というところに四十八歳の年末に参りまして、四十八歳から五十四歳まで、足かけ七年間そこにいました。生活的にはやや安息の日々を送ることができましたけれども、しかし、彼は放浪の身の上でありますから、故郷へ帰りたいという気持ちはいつも忘れることはない。この故郷へ帰りたいという心。そして、また、ごく短い間ではありましたけれども、また、そう高い役職ではなかったけれども、都の最も中心で、天子様のおそばで働いたという華やかな思い出。この二つがバネになって、晩年の詩情は揺すぶられ、醸し出されて、傑作がどんどんと生まれてくるんです。

そうして彼は五十四歳のときに、庇護者も死んでしまって、いよいよ故郷へ帰ろうということで船に乗って、家族を連れて揚子江をずっと下っていく。その途中で白帝城のところで二年間、彼は足を止める。これはどうしてかよくわかりませんけれども、そこに庇護者がいたんでしょうね。その二年間の間に四百三十首も詩を作っています。二年間で四百三十首ですよ。これが全部傑作です。これが杜甫の芸術の完成期、円熟期です。五十四歳から五十六歳まで。そして、白帝城を去って、東の方、洞庭湖へ出て、洞庭湖の南へずっと行って、そこで放浪しているうちに、とうとう命が尽きました。五十九歳の年末でした。

だから、彼の作品は、魂が揺すぶられて、揺すぶられて、五十九歳まで、その勢いがずっとあった。だから、杜甫には駄作がない。すべて傑作です。五十九歳でぱっと死んだ。私が考えるのには、天の神様が、杜甫よ、この時代にはこのような苦しみをなめなさいと言って、試験に受からせてくださらなかった。就職はだめと就職できなかった。安禄山の乱でつかまりなさいとつかまった。そして逃げ出しなさいと。ただね、人間はいつも辛い思いばかりしていてもダメで、杜甫の場合、短いながらも時めいていた時期があったし、成都の草堂では曲りなりにも生活の安定の時期もあった。これらは全部天の命令で、白帝城では二年、最後の完成をしなさい。それで完成した。もう死になさい、と五十九歳で死んだ。

杜甫の一生を見ると、そんな感じがするんです。これに比べて白楽天は言っちゃ悪いけれども、ちょっと長生きし過ぎたんです。白楽天の六十歳から七十五歳までの詩はふにゃふにゃしています。今晩あたり白楽天が夢に出てきて、生意気なことを言うなと、うなされるかもわからぬが、忌憚なく言うと、白楽天の作品は、三十歳代、四十歳代の作品がすばらしい。六十歳から七十五歳で死ぬまでの作品は力のこもった傑作は少ない。

ところが、杜甫は晩年に至るまでずっと傑作を生み続けてぱっと死んだ。もし七十五歳まで生きたら、ふにゃふにゃしたかもわからぬけれども、神様がここで死になさいと言ったんで死んだんですね。そのように杜甫という詩人は詩を作るべく生まれてきた詩人と思います。

これは李白との対比になりますが、よく李白と杜甫はどっちが優れているとか言うでしょう。これは難しい。土俵が違う。李白は即興的な詩に優れていて、また勢いのある、天馬空を行くような構想の下に長い詩があります。こういうものは李白が優れている。

しかし、練り上げるような、八句の律詩のようなものは杜甫が優れているということで、土俵が違うんでありますが、大事なことは、李白は安禄山の乱のときにはもう五十五歳だったということです。李白の年齢は西暦から七百を取ったのと同じです。七〇一年生まれですから。昔は数え年でしょう。七〇一年に一歳、七五五年には五十五歳です。彼は六十二歳で死にますから、彼の人生に安禄山の乱というのは、あまり響かなかった。安禄山の乱によって彼の芸術は変わらなかったわけです。それまでに彼の芸術は完成していました。だから、李杜と並び称しはするけれども、李白は唐の大きな切れ目の、安禄山の乱の前の人ということになります。

杜甫はそうじゃない。四十四歳でありましたから、五十九歳までたっぷりいろんな目に遭って、いろんなことに詩心を揺すぶられて、作品を残したわけです。このことは大事なことです。李白は前の人、杜甫は後の人です。後の時代を開いた人です。

杜甫は、李白のエッセンスは全部吸収した。土俵が違いますから同じような詩を作るんじゃなくて、李白の持っているよいものを全部吸収して、どんどん詩を作り、彼の芸術を磨いた。だから、李白なくしては杜甫はなかったかもしれない。しかし、杜甫なくしても李白はあった。李白は杜甫の影響を受けていない。杜甫は李白の影響をたっぷり受けています。このことは杜甫の詩を考えるときには大事なことだと思います。

落第書生の歌

次に鄭谷《ていこく》の詩を見ましょう。この人は晩唐の人で九世紀の人です。杜甫より百年以上後です。これは落第書生の歌です。

曲江春草　鄭谷

花落江堤簇暖烟
雨余草色遠相連
香輪莫輾青青破
留与遊人一酔眠

花落ちて　江堤《こうてい》に　暖烟　簇《むらが》る
雨余の草色　遠く　相い連なる
香輪《こうりん》　青青を輾《きし》り破ること莫かれ
遊人に留与して　一たび酔眠せしめよ

曲江は杜甫が遊んだところ。百年以上後に鄭谷もここに来ました。そうすると、今ちょうど春、草が生い茂っている。暖い煙というのは霞です。花が落ち、この曲江の堤は、春霞がぼっとたなびいている。そのぬくぬくした春霞の中に、ちょうど雨上がりでありますから、草が青々と、ずっと向こうの方まで茂っている。その青い草をしとねにして、ごろんと寝転がっている人がいる。作者とおぼしき人物です。そこへ香輪、これは身分の高い人が乗る大きな車です。どうぞ大きな車よ、この青々とした草を輾り破ってくれるな。ここで遊んでいる人にちょっと留め残して、酔っぱらって眠るのを許してくれ、こういう意味です。

今、ここで私が酔っぱらって寝ている。そこを我が物顔にぎいぎい草をきしって車が通るが、ちょっと遠慮してくれよ、と言っているんです。

このいい車に乗っている人とは誰を指しているかというと、実は今、科挙の試験に合格して、意気揚々としている連中が乗っているんです。彼は落第したんです。それでこんな嫌味を言っているんです。こういうのも、また人生の一面ですね。

中国では昔、科挙といって、国家公務員試験みたいな試験があったのです。科目で採るから科挙というんですけれど、その中で一番難しいのが進士科です。進士の試験に合格した者は、曲江でもって宴会を賜るんです。そして、大雁塔のところに名前を刻み付けた石をはめ込むんです。これは晴れがましいことですね。一年に何人も合格しませんからね。大抵は落第いたします。鄭谷君も落第したわけです。落第してやけ酒を飲んで、そこで寝転がっていると、これ見よがしに大きな車で合格したやつが通っていく。ちょっと待ってくれと。そんな我が物顔に通るなよ。この青々とした草は俺のものでもあるんだから、ちょっと残してくれと。しかし、鄭谷君も後には合格しましたのでやれやれです。全然合格しない人ももちろん、たくさんいました。杜甫がその例でしょう。

なお、この詩は第三句、

香輪　青青を輾り破ること莫かれ

という句がちょっとしゃれた言い方でしょう。後世に影響を与えています。

科挙及第の歌

これに関連いたしまして孟郊。孟郊は八世紀から九世紀にかけての人でありますから、杜甫と鄭谷のちょうど中間であります。この人も試験運が悪くてなかなか合格しなかったんでありますが、五十歳近くになりまして、ようやく合格した。その喜びを詠ったのがこれです。「登科後」というのは試験の発表の後という意味です。当時進士の試験の発表は春にあったんです。春になって、その発表があって、やれうれしや。彼の詩集を繙《ひもと》きますと落第の詩がたくさんあります。随分苦戦したんでしょうね。四十七か四十八歳でやっと合格しました。

登科後　　孟郊

昔日齷齪不足誇
今朝放蕩思無涯
春風得意馬蹄疾
一日看尽長安花

昔日の齷齪《あくせく》 誇るに足らず
今朝 放蕩 思い涯無し
春風 意を得て 馬蹄疾《はや》し
一日 看尽す 長安の花

今日、試験の発表があって合格した。昔のあくせくしたこと、まことに誇るに足りないことだったな。この齷齪という言葉は歯偏が付いていてお分りのように、歯の隙間が狭いということから、狭いことにかかずらうとか、こせこせするとか、こういうような意味が出てきた。昔は落第、落第でこせこせしていたな。自慢にならなかったな。しかし、今日は合格。放蕩。この放蕩は今使っている意味とちょっと違う。今は放蕩息子などというけれども、これはそうじゃない。気持ちが解き放たれて、自由になることです。伸び伸びすること。今朝は伸び伸びして、うれしい思いは果てしもなく広がる。ああ、うれしい、うれしい。しかし、五十歳近い男がここまで手放しで喜ぶかなと思うんですけれども、それだけに科挙というのは難しくて苛酷だったんでしょうね。春風の吹く中、得意になって、馬に乗って走らせる。

春風 意を得て 馬蹄疾し
一日 看尽す 長安の花

一日の間に都の長安の花という花を見尽くしてやるんだ、ということでありますが、これはどういうことかというと、当時は科挙の試験に合格した者は、無礼講で、どこの屋敷の中に入り込んでいってもいい。花を見てもいいと。そういう風流な風習があったんです。だから、ごめんくださいも言わないで、金持ちや、政府の高官が丹精して栽培した花、多分これは牡丹です、牡丹をずかずかと入って行って見ていいと。

これは実は六朝時代の貴族の真似なんです。六朝時代の貴族に、あの王羲之のせがれなどですが、庭がきれいだとずかずか入って行ったり、花がきれいだというとずかずか入って見たりする、そういう六朝時代の貴族の真似からきたものだと思います。

今日一日は都の長安の牡丹の花を心ゆくまで見てやるんだといって、手放しで喜んでいる作品であります。しかしながら、孟郊君は、試験に合格したはいいけれども、出世できませんでした。今の南京の南の方の小さい県の役人をして、結局すぐ死にました。何のために苦労したんでしょうかね。

この人は親孝行でも有名でありまして、「遊子吟」という親孝行の有名な詩があるでしょう。お母さんの太陽の光のような慈愛に対して、子どもがどうやって答えることができるか。とても答えることはできない。それほどにお母さんの慈愛はありがたいという、本当に孝行息子の歌です。お母さんは長生きしたとみえまして、合格してお母さんに孝養を尽くすことができたわけであります。

詩をお作りになる方はお分りだと思うけれども、この詩は平仄は合っていない。即興的な詩です。それほどうれしかったということでしょう。

今、鄭谷と孟郊の二つの詩に出ているように、人生で一番の難関がこの試験なんです。後に蘇東坡が人生の憂の始めは字を知ったことだという有名な句を作っている。

人生 字を識るは憂患の始め

なまじっか文字を知って勉強したばかりに、苦労が多いなあという。文字も知らずに、勉強もしないで、野良で耕していればどんなに楽だったかと。なまじっか字を知って勉強するといろいろ苦労がある。試験などを受けなきゃならぬというわけですが、唐の時代の科挙は、それでもまだいい方ですよ。それから、だんだん宋・元・明・清と科挙制度が整備され、厳しくなってまいりまして、社会に弊害をもたらすことにもなる。落第した人がいっぱいいるでしょう。そういう者の不満が積って王朝が揺ぐこともありましたし、いろいろな事件も起きました。科挙のもたらす功罪というのは大変なものであります。

ただ一つ言えることは、中国が長年にわたってこの試験制度を守ったことが、中国の文化というものを特色あらしめているということです。

すなわち、何が人間の価値かということなんです。法律の知識を見るわけでも何でもないです。実務の試験などは出ませんよ。古典の知識と、文章を作ったり、詩を作ったりする能力が試されるわけです。こういうものができることが人間の価値だという考え方がずっと長いことあった。これが文化を豊かにしているということは言えると思います。これが逆に社会を停滞させたと言えるかもわからぬが、中国文明というものが世界に冠たる所以、すなわち「文」を重んずる観念に、この科挙制度が相当大きな影響を与えたと思います。

岑参、望郷の詩

この章最後の作品になりますが、これは杜甫とは友達の岑参《しんじん》の作です。この人は杜甫より年が三つ若い。

逢入京使（京に入るの使いに逢う）　岑参

故園東望路漫漫　　故園東に望めば　路漫漫
双袖龍鍾涙不乾　　双袖龍鍾《そうしゅうりょうしょう》として涙乾かず
馬上相逢無紙筆　　馬上相い逢うて紙筆無し
憑君伝語報平安　　君に憑りて伝語して平安を報ぜん

岑参は唐の詩人では珍しく、自分で実際にシルクロードの方に戦争に行った人です。その体験を歌にしています。たくさん面白い詩があります。この詩もその一つです。

遠いシルクロードの砂漠の方で従軍しているときに、都へ行くお使いが通った。そのお使いに手紙を託するという詩です。

故郷の方を東に見ると道がずっと続いている。ああ、道の向こうの方に都があるなと思うと涙が出て涙が出て、両方の袖はぐしゃぐしゃになって乾かないと言っているんです。「龍鍾」というのは、字に意味はありません。「リョウショウ」という音に意味があるんです。涙で袖がぐしゃぐしゃになるという意味です。だらだらになるという意味です。ここで大泣きしているということを詠った、これが面白いですね。普通は悲しいときには、悲しいと言わないで悲しみを表すのがいい詩だよ、と教わるものです。自分が泣いていたんじゃ詩にならないんじゃないか、とよく言われます。しかし、ここでは自分が泣いているんです。しかも、大泣きに泣いているんです。こういう手法もある。逆手をいく手法です。

馬上でばったり出会ったために、紙も筆もない。そこで、せめて君によって私が無事であることを都にいる家族に伝えてもらいたいと。戦争ですから、馬に乗っています。紙も筆もない。だけれども、何とか自分の無事ということを都に伝えてもらいたい。

そういうことで、日常生活と違う戦場のせわしい、厳しい環境というものをバックにして詠っている。そのせわしさが、望郷の思いを強く読者に訴えます。大泣きをしている作者の顔が迫ってきます。

役人というものは命令一つでもって、シルクロードでもどこでも遠くへ行かなきゃならない、ベトナムへも行かなきゃならないわけです。そういう運命に左右されて、流されて、詩人たちはたくさんの詩を残しています。

今回は人生という大きな題ですけれども、人生の一局面として、生死の問題から始まりまして、試験・科挙の問題、試験に合格しても、こういうふうに遠くに飛ばされることもあるということで、人生の大きな節目にかかわる詩を選んでみました。

第二章

漢詩と自然

穀雨の季節

この章では「漢詩と自然」というテーマで、五つばかりの詩を材料にお話しようと思います。最初の二つ「老圃堂《ろうほどう》」と「茗坡《めいは》」、これは必ずしもそんなに有名じゃないかも知れませんが、今ちょうど「穀雨」という季節だからこれを選んだのです。

この二つの詩のいずれにも「穀雨」という語が出てきますが、これは二十四節気の一つです。一年を二十四の節気に分ける。大体十五日ずつ節気が変わるんですが春分というのがありますね。それから、清明、その次が穀雨です。穀雨が過ぎて、あと十五日経つともう夏です。立夏ということで季節が移ってまいります。今ちょうど穀雨の季節でありますので、それにふさわしい詩を二つ選びました。

最初の詩は薛能《せつのう》という人の詩です。

老圃堂　薛能

邵平瓜地接吾廬
穀雨乾時偶自鋤
昨日春風欺不在
就床吹落読残書

邵平《しょうへい》の瓜地　吾が廬に接す
穀雨乾く時　偶《たま》たま自ら鋤く
昨日　春風　不在を欺《あなど》り
床《しょう》に就いて吹き落とす　読残の書

邵平というのは人の名前です。この人は秦の始皇帝のころの人でありまして、秦が滅びた後は浪人したんです。元は東陵侯という侯爵の位を持っていたんでありますが、侯爵の位がなくなって、瓜畑を作って、瓜売りをしたわけです。

その邵平さんの瓜畑が、吾が廬に接していいますと、この作者の廬というのがどんなものかがわかるわけです。

つまり、元侯爵であったかもしれないが、今は落ちぶれて瓜の畑を作っているような人。ときめいているような人ではない。それが隣にいる、といえば田舎暮らしをしているということになります。ちょうど穀雨の季節、雨がちなのでありますが、雨が降らないで乾いているときになると、たまたま自分で鋤を取って畑を耕す。いわゆる「晴耕雨読」をしているのです。晴れては耕やし、雨が降ったら本を読む。

ところが昨日のこと、春風のやつ、私がいないのを侮って、今まで読んでいた読み残しの本を吹いて落としてしまった。この「読残の書」で本当のお百姓ではないということがわかるわけです。雨が降っているときは本を読んでいた。晴れたから本を読むのをやめて読みさしのままそこに置いておいたら、春風が窓から吹いていたずらをして、その読みさしの本を吹き落としたという意味です。しゃれた詩でしょう。

さて、この作者薛能ですが、この詩を見ると、いかにも浪人をして今は畑仕事をしているような人だと思うでしょう。そうじゃないんです。この人は総理大臣までした人であります。つまり、自分の境遇というものを詠っているんではないんです。この人は試験を受けて合格をして、高級官僚の道をずっと歩んでいった人です。ところが、最後はこの人はかわいそうに、一家皆殺しになった人なんですけれども、そういう目に遭ったのも、高級官僚の道を歩んだせいかもしれない。いいかげんに、本当にこの詩のような生活をすればよかったかもわからぬ。

では、そういう高級官僚をしている人がなぜこういう歌を詠うのかというと、これが中国文化の特色になっているんですけれども、こういう世界を作って、そこに遊ぶんです。

例えば絵がそうです。文人画というのがあるでしょう。山水画、墨絵。山を描いて、川を描いて、その山には小さくきこりが書いてある。川には一艘の小舟が浮かんでいて、よく見るとそこに漁師がいて、釣りをしている。それから、山の中腹辺りに庵がある。更にその中に小さな人物がいる。これがその主人公で、山や水の景色を自分のものとしている隠者先生です。このような絵がたくさん描かれました。

こういう世界を中国の人は作ったんです。自分が本当にそうしているわけでは必ずしもないんです。しかし、世の中が非常に忙しくなり、あくせくした生活をしなければならなくなるほど、そういう世界にあこがれるものでしょう。隠居の生活に帰るということで帰隠願望。こういう帰隠願望のなせるわざで、こういう世界が構築されたんであります。

では、いつごろからこういうものを構築したか。この薛能という人は九世紀の人です。すなわち唐の末のころ。晩唐。偉い人でありますから生卒年がわかっています。八一七年に生まれて八八〇年に亡くなった人。なお、唐は九〇七年に滅びますから、唐の滅びる間際の人です。

この唐末の薛能の歌のルーツをたずねますと、近い先輩は王維です。王維はこの薛能より百年以上先輩です。

百年以上先輩の王維先生、これは皆さんも御存じのとおり、よく高校の教科書に採られるでしょう。「竹里館」とか「鹿柴《ろくさい》」とか、ああいう世界を築いた人です。彼は本当にそういうところで隠居していたかというと、そうじゃないでしょう。王維も若いときに試験に合格して、しかも一番で合格して、途中でちょっと挫折はしましたけれども、ずっと高級官僚の道を歩み続けた人です。しかし、彼は別荘を買いまして、役所勤めの暇暇にその別荘で隠者の真似事をしたわけです。実生活の九割は役人をしていたんです。残りの一割くらいでもって隠居の真似事をしていたんです。それで「竹里館」とか「鹿柴」のような世界を築いたわけです。

更にその王維先生の先輩を尋ねるとだれになるかというと、これは陶淵明です。王維は八世紀の人、陶淵明は四世紀から五世紀という時代の人であります。陶淵明の詩は、

菊を采る　東籬の下

悠然として南山を見る

詩全体を知らない人でもこの二句は知っているでしょう。東の籬《まがき》の下で菊を摘んで、やおら腰を伸ばして南の山を見る。悠然として南山を見る。このような詩を作ってそういう世界を詠った詩人が陶淵明です。

ですから、この薛能の作品のルーツは、ずっと尋ねていきますと、四世紀から五世紀の陶淵明という人物に突き当たるわけであります。

陶淵明は三六五年に生まれて、四二七年に死んだ人です。この人はいかにも隠者ふうに我々は受け取っておりますけれども、よくよく調べてみると、実は彼は貴族です。三流とはいえ貴族ですから、本当は貴族の生活をしているんです。その貴族の生活の中でも、ほかの貴族たちが気がつかない田園生活というものに目をとめて、そこに詩の世界を発見した人なんです。これは大変な発見で、今までの貴族たちが目もくれなかった田園の中から、これは詩になるとい

うことで詩に詠った人です。ここのところを誤解しちゃいけませんよ。陶淵明が額に汗して鋤、鍬取って働いているんじゃないんですよ。そのような歌もたくさんありますけれど、実際に耕しているのじゃないんです。自分の周りに広がる田園生活の中にそういうものを見て、それで歌を作っているんです。

自然を詠うということ

そもそも人間が自然というものを詠おうと思ったのはいつごろか？　人間にとって、自然は一体どういうものであったかと考えますと、例えば木の実とか草の実とか、そういうものを得る場所でもあったでありましょう。あるいはこわい動物が隠れているところでもあったでありましょう。そういうものの対象としての自然だったんでありましょう。そのころは、赤い花が咲いていたら、ああ、きれいだなと思ったかどうか。恐らく初めはそうじゃないと思う。花が咲いていたら、これ食べられるかどうかと、これが関心の的だったと思う。だんだん人知が進んできて、生活にゆとりができると一歩離れて、ああ、花がきれいだなあ、となるわけです。

その次、花がきれいだなと思ってもすぐに歌には出ません。歌に出るまでには、歌を詠う手段である言葉が練られなければならないでしょう。そういうものが全部そろって、自然を詠う歌ができてくるわけです。

その自然を詠う歌というのはいつごろ出てきたかといいますと、中国の場合は三世紀ということになります。すなわち、陶淵明から見ますと、まだ二百年ほど前です。ちょうど例の三国という時代がありましたね。後漢が滅んで三国、魏と呉と蜀という三つの国が戦った。劉備だの関羽だの諸葛孔明だのという人たちが活躍した時代です。その時代にようやく人々は自然を見て、それを美しいと思い、その美しい自然を詠おうと思ったんです。だから、人間が自然を詠うということはそんなに古いことではないんです。ちょっとつけ加えますと、紀元前十二世紀から前六世紀に詠われた『詩経』の詩にも、花や鳥などが出てきますが、これらは人間のことを言うための引き合いの役割に過ぎず、それ自身を美しいものととらえて詠うのではありません。

さて、三世紀にそういうことが始まって、三世紀の末ごろになると、自然を詠う歌がわっと出てくるんです。ですから、中国の場合に、三世紀というのは、自然を詠う歌の始まりの世紀ということになります。世界的に見てどうだかわかりませんけれども、おそらく中国は世界のトップを切っておりますから、これが人類の初めじゃないかと思います。だから、人類はいつごろから自然を詠うようになったかということになると、それは三世紀ということになりましょう。

なぜそういう歌が三世紀に起こったかというと、その理由の一つは、漢の時代というのは、四百年も続きましたから、そのうちにだんだん腐敗して、いろいろなタガが緩んできて、だんだん都会生活とか、しがらみの生活がいやになってきたんです。それで田舎へ帰ろうと、こういうことを高級官僚たちが考え始めたんです。陶淵明の有名な文章に「帰去来の辞」というのがあるでしょう。

帰りなんいざ、田園将《まさ》に蕪《あ》れんとす、胡《なん》ぞ帰らざる

あの「帰去来の辞」の先祖に当たるものがちょうど後漢のころにできている。二世紀のころに張衡《ちょうこう》という人の「帰田の賦」というのができている。田舎へ帰ろうという歌です。以上のようなわけで、二世紀から三世紀にかけてこういうふうな空気が出てきて、人々は自然を見つめてそれを歌にするということが起こり、それを受けて初めて「帰去来の辞」のような歌を作ったのが陶淵明なのであります。その陶淵明の流れを受けて、唐の時代に王維が一つの世界をこしらえて、その王維の影響の下に、それ以後の詩人たちがいろいろと工夫をしていったというのが中国の自然の詩の流れであります。

この薛能という人は、本人は高級官僚で、最後にはとうとう殺されるというような目に遭った人物でありますけれども、この詩を見るといかにも悠々閑々、晴耕雨読の生活を楽しんでいるような、そういうふうに見える作品を作っているんです。

邵平の瓜地　我が廬に接す
穀雨乾く時　偶たま自ら鋤く

昨日　春風　不在を欺り
床に就いて吹き落とす　読残の書

この詩は最後の「読残の書」という語句によって、本を読む、いわゆるインテリ階級、すなわち官僚階級の人物が、それをさらりと捨てて農耕生活を楽しんでいるということがわかるような歌になっているんです。

これを中国語で読んでみますと七言のリズムがよくわかります。韻はロ、ジョ、ショと踏んでいる。これを「偶たま自ら鋤く」と読んでしまうと、この「ジョ」という音が出ませんね。ですから、中国語で読みますとルー、トゥー、スゥーと口をつぶる音がわかるという利点があります。漢文の訓読で十分意味はわかりますけれども、その韻の響きとか、七言のリズムとかというのはちょっとわかりにくいですから、漢文の訓読で読んだ後、中国語で読むと味わいを尽くすことができると思います。

ただ、誤解してもらっちゃ困るんですけれども、中国語を勉強しないと漢詩がわからないというんではないんです。そんなこと言ったら、日本の御先祖様に失礼です。江戸時代の詩人たちはみんな中国語を知らなくても、自由自在に詩を観賞し詩を作っていたんです。だから、日本の漢文の訓読法というのがいかにすぐれているかよくわかります。漢文の訓読法によってほとんどわかるんです。ただ、中国語としてのリズムはわかりにくい。漢文訓読のもつリズムとは別で、原詩の持つリズムは、七言の場合、とんとん、とんとん、とんとんとん、というリズムです。漢文の訓読法によって十分わかるのですが、中国語を助けにしてやると、リズムの調子がよくわかるというわけです。

お酒とお茶と

さて、次は陸希声という人。この人も実は総理大臣になった人です。この人は今の薛能よりちょっと後輩になりますが、ほぼ同じ、晩唐、唐末の人です。

茗坡　陸希声

二月山家穀雨天
半坡芳茗露華鮮
春醒酒病兼消渇
惜取新芽旋摘煎

二月　山家　穀雨の天
半坡の芳茗　露華鮮やかなり
春醒《しゅんてい》　酒病と消渇と
新芽を惜しみ取って旋《たちま》ち摘んで煎《に》る

二月というのは陰暦です。漢詩の場合には全部陰暦です。春の一番盛りが二月でありまして、ちょうど穀雨のころは二月の末ごろになります。

山家、これは山の中に住んでいる隠者の家。春の盛りの二月に穀雨の雨が降る。

半坡の芳茗　露華鮮やかなり

茗はお茶のこと。かぐわしいお茶、半坡の坡は堤。今もそうですけれども、お茶は傾斜したところに作ります。堤のこちら側半分と言ったんです。

堤半分に栽培したお茶、そこに露の花があざやかにやどっている。雨が上がって、その雨つぶがお茶の葉に落ちているわけです。

春醒　酒病と消渇と

「兼ねる」という字は「と」と読みます。「消渇」のことを日本では「消渇病《しょうかちびょう》」といっております。これは糖尿病のことです。糖尿病は喉が乾くので「渇」という字が入っているんです。

面白い話があります。昔、司馬相如《しょうじょ》という人がいて、この人は大変な色男でありましたけれども、惜しいかな、糖尿病に罹《かか》ってしまいまして、頭の毛は抜けるわで美男子がカタナシになったんです。この人は司馬遷と同じころの人で、少し先輩です。同じ司馬という名字だけれども、関係ありません。この司馬相如は何で有名かというと、「賦《ふ》」という文学の集大成者です。中国の文学の形式に「賦」という形式がある。これは文章なんですけれども、韻も踏むんです。長いものでは、一つの作品が五千字にもなるようなものですけれども、この文学を集大成した人として知られている人です。文学史に大きな足跡を残している人でもあります。

この人が駆落ちしたんです。紀元前二世紀の駆落ち事件。司馬相如が都に出て役人生活をしようと思ったけれども、うまくいかないで、尾羽打ち枯らして国へ帰ってきた。そのときに大富豪の卓王孫のところで宴会があった。その卓王孫には出戻りの卓文君という娘がいるということがわかった。それをひとつ引っかけてやれということでいろいろ策を講じて、客分としてそこへ乗り込んだ。司馬相如という男は姿形がやさしく、琴が名人だったんで、宴会の席上、ポロンポロンと琴を弾いたんです。それを卓文君が戸の隙間から見ていて、ポッとなったんです。そして、とうとう手に手を取って駆落ちする所まで来た。

ここまでは司馬相如の筋書きとおりだったんです。駆落ちをしたら、お父さんが参ったと言って、相当の財産を分けてくれるだろうという筋書きだったんですけれども、お父さんは怒ってしまって、勘当ということになってしまった。ここで筋書きが違った。しようがないから二人は相如の故郷の成都に出まして、そこで当てつけがましくバーを開いた。バーを開いて女房の卓文君はホステスをやり、亭主の司馬相如はふんどし一つになって皿洗いをしたんでありますす。ふんどしのことを何というか、トクビコン（犢鼻褌）というんです。

さて、富豪の娘がホステスをやり、その娘の亭主がふんどし一つで皿洗いをしているというのでは、外聞が悪い。いや、参った参ったというわけで、とうとう親が折れて、莫大なる持参金を付けてもう一回出直しということになったので、結局、筋書きどおりになったんであります。

二人はその後どうしたかというと、都に出て、司馬相如は出世をして、さっき言ったように「賦」の集大成者として文学史に名を残す活躍をしたんでありますが、糖尿病になって、喉が乾いて頭の毛が抜けてきた。その司馬相如の浮気話もあるんですけれども、それは省略しましょう。

その司馬相如が罹った病気ということから、糖尿病のことを相如病というようになったんです。今、糖尿病が多いそうですけれども、相如病というとしゃれた響きがしますよ。

春醒　酒病と消渇と

春醒の「醒」というのは二日酔いという意味であります。春の酒を飲んで二日酔い。酒病というのは、酒飲み病というんです。今でいうとアルコール中毒です。それから糖尿病。であるからして、ちょうど今の季節、新芽の出たお茶、それを惜しみ惜しみ摘み取って、そうしてそれをすぐ煮て飲むと。韻はテン（天）、セン（鮮）、セン（煎）と踏んでいます。

お茶は酒のそういう病気に効くという漢方薬のような働きがあります。お茶を飲むと酔いもさめるんです。お茶とお酒というのは正反対のもの。お酒は酔う、お茶の方はさますという働きがある。そこで「春醒　酒病と消渇と」といって、自分はアル中でもあり、糖尿病でもあって、今二日酔いの最中だと持っていって、それを直すためにちょうど穀雨のときの一番茶を摘んで煮るということです。

なお、この穀雨の時節より前に摘むお茶が一番茶なんですが、これを雨前茶といいます。夏も近づく八十八夜ということで、ちょうど立夏のころはお茶の季節でありますけれども、その前に摘んで飲む雨前茶、この雨というのは穀雨です。

これを見ますと、いかにもこの陸希声という人はアル中で糖尿病で相当弱っている印象ですけれども、そうじゃないです。この人は実際の生活ではどんどん出世をして、総理大臣になったばかりじゃない。国家の長老にまでなった人です。そういう人物でありますが、こういう詩を作っている。

薛能といい、陸希声といい、こういうような作品が残っておるわけであります。

王維の新鮮な自然描写

王維は先ほど言いましたように、都の郊外、ちょうど長安の都から見ますと東南の方になりますが、三十キロばかり行ったところに輞川《もうせん》というところがありまして、そこに別荘を構えた。輞川荘といいます。この輞川荘に二十か所の名所を作りまして、悠々自適の真似ごとをしたんであります。二十か所の名所というから、その別荘の大きさが大体わかるんですけれども、相当大きな別荘じゃなかったかと思います。

なお、私は一度ここへ訪れたいと思いまして、それをずっと中国側に申し込んでいたんですけれども、なかなか許可が下りないんです。なぜ許可が下りないかというと、聞くところによると、ミサイル工場があるらしい。それで軍隊が立入禁止にしているそうです。こともあろうに王維の別荘のところでミサイルを作らなくてもいいと思うんですけれども、それは軍の勝手でしょうね。

私は長年、ここを管轄している陝西省、西安市に参観を申し込んでいました。陝西省の省都が西安です。昔の長安です。

やっと陝西省と西安市の許可が下りた。行ってよいということになりまして、勇んで行きましたところが、パトカーが来て通せんぼしているんです。約束が違うじゃないかと怒ったんですけれど、ここは陝西省でもだめ、西安市でもだめ。国家の許可がなければならぬ。中央政府の許可がなければ入れてやらぬというんです。結局その年は、わざわざ近くまで行きながら無駄足しました。それから、私もこれでくじけてなるものかと思って、いろいろ手を回して、ようやく今から三年ほど前に念願を果たしました。入ってよしと。ただし、ここまでしかいけないと。そしてこの角度の写真は撮ってはいけないというんですね。ところが見たところ何にもないんです。訳知りが、あの山の影にミサイル工場があるんだと言っていましたけれども、本当かどうか知りません。この角度だけは写真を撮ってはいけない。あとは撮ってよいということで、中はかなり自由に見てきました。きたない工場のようなものがありまして、今は使ってないんです。何と中から鶏が出てきました。そういうところでありますが、辺りの様子はよくわかりました。

昔ここへ王維が二十か所名所を作って、名前をいちいち付けた。先ほど言いました「鹿柴」もそう、「竹里館」もそうです。

鹿のとりでと書いて鹿柴、「柴」という字が書いてあるけれども、柴《しば》ではありません。これは砦と同じ意味です。材料が石か木かの違いで、木でできているから柴。中国語の発音も「しば」とは違います。そういう名前が付いているところを見ることはできました。

その後、私が行ったからというので、行こうとした人がいたんですけれども、今度はもうだめでした。今のところ私だけのようでありまして、貴重な体験をしました。大きなイチョウがありました。村の人が案内してくれて言うのに、これは王維先生お手植えのイチョウだと。もしそれが本当なら樹齢千三百年というオオイチョウです。それは近付けないように網が張ってある。私は手を伸ばして触ってきました。ジーンとしましたね。

辺りの山の様子は変わらない。ただ、川の様子は変わっているんです。川は枯れていました。川の筋が変わったらしい。かつて川だったところはもう畑になっています。相当自然をいじくっているようでありますけれども、ある程度当時をしのぶことはできました。

王維はこのように都に近い郊外に自分の別荘を構えて、悠々自適の真似ごとをしました。彼は六十歳か六十一歳で死ぬまで、生涯高級官僚であり続けている。しかし王維の詩集を見ると、高級官僚であり続けていたようには見えない。自然を詠った詩の方が多いですからね。詩集を見る限りにおいては、王維は田園詩人であり、山水詩人であるというような印象です。
また、先ほど言いました山水画の源になった人です。絵かきでもあったんです。王維の山水画が流れていって、ああいう文人画になったんです。

客舎青青　柳色新たなり

王維という詩人は、以上のような詩のセンス、絵のセンスの持ち主でありますので、彼の作品には非常に新鮮な作品が多い。

送元二使安西（元二《げんじ》の安西に使いするを送る）　王維

渭城朝雨浥軽塵　渭城の朝雨　軽塵を浥《うるお》し
客舎青青柳色新　客舎青青　柳色新たなり
勧君更尽一杯酒　君に勧む　更に尽くせ　一杯の酒
西出陽関無故人　西のかた陽関を出ずれば　故人無からん

元二という人はどういう人だかわかりません。この作品によって名前が残った人らしい。二というのは名前ではなくて、この人の兄弟の順番です。二番目。元という家のせがれで、二番目です。これを排行《はいこう》といいます。なおこれは兄弟だけではなくて、いとこ、またいとこも含んだ順番です。

中国ではおじいさんの代までを一族と考えるんです。自分が今ここにいます。お父さんがいるでしょう。お父さんに兄弟がいます。そして、子どもがいます。これはいとこでしょう。これも中国では兄弟。更におじいさんがいて、おじいさんに兄弟がいて、それに孫がいる。これは、またいとこでしょう。ここまでが一族です。この生まれた順序に番号が付くんです。したがって、非常に大きな番号になることがあります。

例えば白楽天、二十二番目、白二十二という。李商隠、三十六番目。李三十六というんです。五十、六十という人もいます。

一番上を何というかというと、一とはいわないで、大といいます。女は女同士で番号が付く。だから、女の一番上を大娘といいます。男は大郎という。大から始まって二三四五……と付くわけです。

ちなみに有名な詩人でいうと杜甫、二番目。だから、杜二甫というんです。李白、十二番目。李十二白というんです。こういうふうに、排行でもって呼ぶことが多い。この元二君も排行で呼ばれたのですが、この排行で呼ぶというのは親しい間柄なのです。ですから、王維にとって元二君は親しい間柄だった。その親しい間柄の友人の元二君が、遠い遠い安西まで使いするという。安西というのは今のトルファンです。シルクロードにトルファンという町があるで

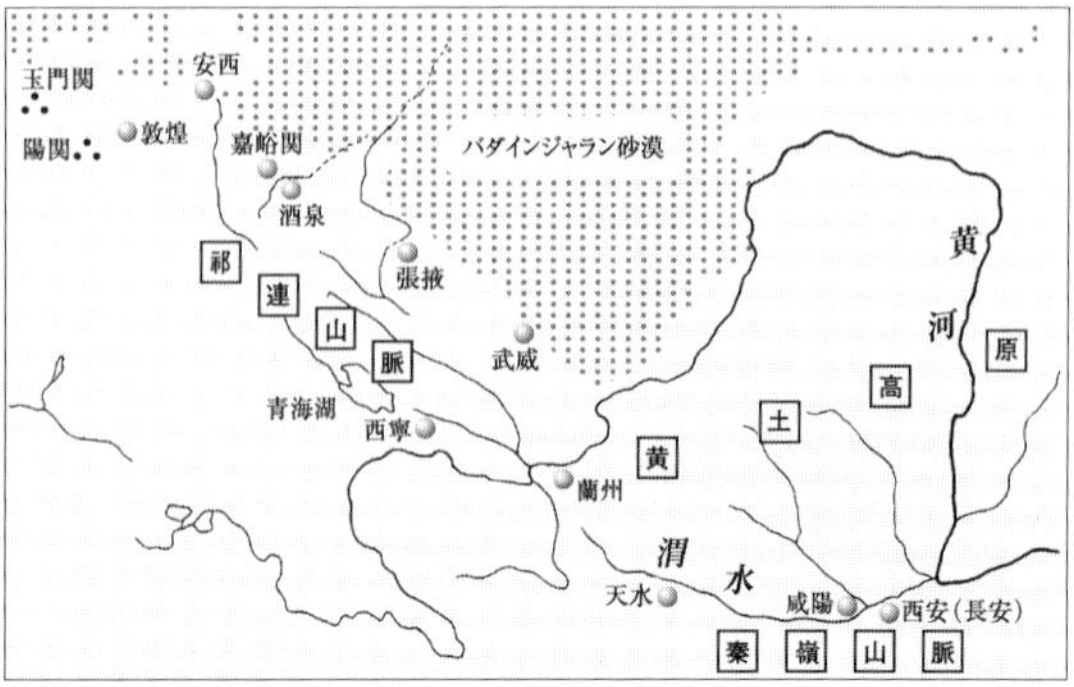

長安から西へ

しょう。ずっと西の砂漠の方です。そのトルファンに唐の時代に安西都護府といって前線指令部が置かれておりました。その前線指令部に何のお使いか知りませんけれども、元二君が使命を帯びていよいよ都を出発する。

大変に難儀な旅が予想されます。今だって大変です。飛行機の上から見ますと、一筋道がすっとついています。北京からトルファンの更に先のウルムチまで国内飛行機で行ったことがあります。国内飛行機は比較的低いところを飛ぶ。北京からずっと下を見ていた。そうしたら、かすかに道が見えるんです。たまに車が通っているのも見えますけれども、本当に荒涼たる何にもないところ。ぽつんぽつんと青いところがある。それがオアシスで、そのオアシスのところには人家がちょっとある。今でもそういうところです。そこをあの時代ずっとトルファンまで行くんですから、これは生きて帰れないかもわからないということで、この別れは大変重い意味を持っているわけです。

今朝渭城には雨が降って、軽いちりぼこりをしっとりと潤している。

宿屋の前の柳は青々と新たに芽ぶいている。

これが前半二句の意味でありますが、渭城というのは、長安の都の郊外になります。三十、四十キロもあるでしょうか。すなわち、都の長安から西へ出る人が必ず通る宿場町でありまｓす。

長安を出まして、北へ行くんです。すると渭水という川が流れている。この川を渡ったところが渭城です。ここから西へ出発するわけです。都から北へ出て、橋を渡ってずっと西へ行く。その先がシルクロードです。この渭城という町までみんなで見送りにくるのであります。

中国では昔、人が旅をするときには、親しい者はかなり遠くまで見送るんです。玄関口でさよならと言ったら失礼です。ひどい場合には、行程の半分くらいも付いて行きます。自分の目上の人、恩義のある人などの場合はずっと付いて、目的地の三分の二くらいまで行って帰ってくるということもあります。

長安の場合、大体西へ行く人は、みんなで渭城まで来る。そして、前の日に来て、さんざんそこで別れの宴会をやって、杯のやり取りをして、そして翌朝早くに旅立つ。昔のことですから、日のあるうちしか旅ができませんので、太陽が上るか上らないかのときに旅立ちをするわけです。そういうような場面を考えてください。

折りよく朝雨が降ることによって、ちりぼこりが収まったんです。これも日本辺りの泥の様子しか知らない人はわからないと思いますけれども、この辺の泥、見たことありますか。非常に粒子が細かい。ですから、それが風に吹かれると、ふわっと空へ舞い上がって、たまに九州に来たり、東京辺りにも来る。「黄砂《こうさ》」といいますね。粒子が細かいから、軽いのでさっと上がるんです。昔は舗装道路などはありませんので、砂ぼこりがもうもうと立ちこめて、ことに大通りの場合には、いろんなものが通りますので、かたわらの柳などは泥だらけですよ。それがちょうど今朝雨が降ったことによって、いい具合に洗われて、緑の色がみずみずしく見えているのです。土の方もしっとりと潤っておりますから、ほこりが立ちません。この前半の二句には、現地の風土の事情もちゃんと織り込まれているわけです。

普段ならば泥で汚れている柳の色もすっかり洗われて、青々としている。この前半の二句に表現されている自然というのはどういう自然か。いかにも新鮮な、季節でいえば早春の朝の気分であります。この早春の朝の新鮮な気分を前半に描いておいて、後半を「君に勧む 更に尽くせ 一杯の酒」、どうぞ君、もう一杯飲んでくれ。

もう一杯と言ったのは、先ほどお話をしましたとおり、夕べさんざんやりとりしているんですよ。別れの杯をさんざんやり取りをして、今朝、いよいよ出発となったら、さあ、もう一杯飲んでくれという意味です。だから、この一杯も重い意味があります。元二君にとってみれば、友達と酌み交わす最後のお酒になるかもわかりません。シルクロードにお使いにいって、無事に帰ってくるという保証はない。

西のかた陽関を出ずれば　故人無からん

君はこれから西の方、陽関の向こうのトルファンまで行く。その陽関を出てしまえば、もはやなじみの人はいないのだから……。故人というのは死んだ人という意味ではない。これは漢詩によく出てくるけれども、古いなじみ、親友という意味です。次の李白の詩にも故人というのは出てきます。

もう西の陽関を出てしまうと、我々のような古なじみの友達がいないだろうから、こうやって杯をやり取りすることもあるまい。だから、もう一杯飲みなさいと言って、別れを惜しんでいるのであります。

離別と自然描写

王維は以上のように、後半の別れを惜しむ気持の前に、すがすがしい早春の朝の情景を描いている。これがこの詩人のセンスのよさなんです。

というのは普通、別れの悲しみというと、雨が降っているとか、暗い雲が垂れこめているとか、ぴゅうぴゅう風が吹いているとか、あるいは夕暮れの空とか、そういう情景の下で送ったりすることが多かったのです。

例えば我が国の和歌でもそうでしょう。別れの場面などではそういうことを詠うことが多いのです。ところが、この詩人は逆手を取ったわけです。むしろ気持ちのよい朝を描いて、今朝、雨が上がった後晴れている。明るい早春の朝の気分の中で、遠くへ行く、生きて帰れないかもしれない旅をする友達を送る。その送別の気持ちというのが一段と強く読者に迫ってくるという、これが工夫なんです。王維という人が平凡な詩人ではない、非凡な詩人であるという、これは一つの証拠になる。これ以前には、このような描き方をした詩人はいないと言っていい。

つまり、悲しいことを詠うのに、むしろ明るい舞台装置を用意する。その明るい舞台装置をすることがかえって、その悲しい気持ちを浮き立たせる、際立たせるという効果に気がついた人なんです。自然というものをだんだんと細かく見ることによって、こういうような歌ができたということです。

中国の詩をずっと繙いてまいりますと、時代時代でいろんな発見があります。例えば先ほど挙げました陶淵明の詩の中でも、「悠然として南山を見る」というような句は、陶淵明以前にはないんです。山を見ることによって、ある心中の感慨を述べる。逆に言うと、心中の感慨を述べるために山を見るという発想。何でもないように思うかもしれないが、以前にはない。だから、陶淵明は非常に大きい仕事をしたということになります。

また、陶淵明と同じ時代に、謝霊運《しゃれいうん》という詩人がいました。陶淵明の陰に隠れて、最近はあまり読まれなくなったんですけれども、この詩人も自然を詠った詩が多い。ただし、この詩人の目は陶淵明とは違う目を持っていた。陶淵明は田園を見た。農耕生活を見た。自分が農耕しているわけじゃないが、農耕生活を見て、その中から詩になるものを詠っていったわけです。ところが、この謝霊運はもっと高い地位の貴族でしたから、農耕生活などは眼中になかった。彼が追い求め詠ったのは、山の美しい景色、水の美しい景色というようなもの。例えば朝早く日が昇って、その朝早い太陽の日の光に照らされた自然と、夕暮れになって逆の方から照らされる自然とは違うわけです。同じ山や川の姿でも、日の当たり方によって違うでしょう。そんな細かいことまで詠っているんです。四世紀から五世紀という古い時代から中国の詩人は、光線の変化による景色の変化というものに気がついているという証拠なんですね。

この詩はジン（塵）、シン（新）、ジン（人）と韻を踏んでいます。これはむしろ日本の漢字音の方がよくわかる。現代中国語の音だと必ずしも合わない。中国語の音の方が変わったのですね。日本の漢字音の方が古い音を残しているということです。

なお、この作品につきましては、陽関三畳といいまして、昔から別れの場面によく詠われたらしく、三回繰り返して詠うことになっている。どこをどう三回繰り返すかというと、いろいろ説はありますが、第三句が四番目にくるという句が白楽天の詩にあるので、「渭城の朝雨　軽塵を浥し」というのを二回、「客舎青青　柳色新たなり」を一回、すると「君に勧む　更に尽くせ　一杯の酒」というのが四番目にくるでしょう。そういうふうな繰り返し方をしたという説があります。

なお、この作品につきましては、唐の時代の曲はもう滅びて伝わりませんが、蒙古の元《げん》のときの楽譜が残っておりまして、今日復元されております。

李白に見る惜別の情景

次に李白でありますが、この有名な作品は、李白にしては珍しく五言律詩という形で作っておりまして、李白の五言律詩の傑作中の傑作と言われている。

送友人　李白

青山横北郭　青山　北郭に横たわり
白水遶東城　白水　東城を遶《めぐ》る
此地一為別　此の地　一たび別れを為し
孤蓬万里征　孤蓬　万里に征く
浮雲遊子意　浮雲　遊子の意
落日故人情　落日　故人の情
揮手自茲去　手を揮《ふる》って茲《ここ》より去れば
蕭蕭班馬鳴　蕭蕭として　班馬鳴く

友人はだれであるかわかりません。また、この詩を作った場所もはっきりしません。作った年もわかりません。しかし、想像するところ、李白が都にいて、宮廷詩人をしていたころの作品ではないかと思われます。従いまして、ここに描かれている自然は都の近辺の自然ではないでしょうか。

青々とした山が町の北に横たわっている。
白く光る水が町の東をぐるりと巡って流れている。

北郭とか東城とかいいますが、郭も城も町という意味です。町の北側、町の東側。

この二句を見ますと、青い山に対して白い水という典型的な色の対象で、ここに描かれている情景はくっきりとしています。青々とした山が横たわり、白く光る水がぐるっと町を囲んで流れている。きれいな対句であります。

此の地　一たび別れを為し
孤蓬　万里に征く

律詩の規則では、本当はここの二句がきれいな対句にならなければならないのでありますが、この詩の場合には、一という数字と万という数字は対になっているが、「一たび別れを為し」という構造と「万里に征く」という構造とは違うでしょう。だから、これは対句ではありません。その代わりに、前の二句が対句になっている。

本来ですと第一句と第二句は対句でなくてもよいところなんでありますが、この詩の場合にはきれいな対句になっている。そうして、その次の第三句と第四句もきれいな対句を用いてしまうと、詩としては重くなるんです。だから、軽くするためにわざとこういうふうに崩している。これを偸春体《とうしゅんたい》といいます。

すなわち、律詩の場合に対句にすべき第三句、第四句を崩し、その代わり第一句、第二句をきちんとするというやり方が偸春体です。

山のたたなわり、水の流れるこの地で、一旦別れを為せば、君は万里の遠くまで旅をなさることになる。相手の旅のことを「孤蓬」といった。この「蓬」をヨモギというふうに訓ずるのは、この場合、正しくない。これはヨモギではありません。日本にはあまりないようなんですけれども、中国のシルクロード沿いには今でもあります。丸くなって枯れ、根が切れて、ころころと転がっていく。これはアメリカの西部などにもありますので、西部劇によく出てきます。小さいのはボールくらいだけれども、大きいのは両手でかかえるくらい大きい。それが風でころころと転がる。これが「蓬」です。

これは、風に吹かれて、風のまにまに、あっちに行ったりこっちに行ったりいたしますので、当てもない旅とか、あるいは気にそまない旅のような場合に形容として使われます。

だから、ここで「孤蓬　万里に征く」といえば、この友人の旅はどんな旅であるかが想像つくわけです。決して栄転して行くような旅ではない。左遷されたか、あるいは放浪しているか、そういう旅です。

浮雲　遊子の意
落日　故人の情

見てごらんよ。浮き雲がぽかりぽかり浮かんでいる。それは旅行く君の心か。また、ちょうど日が落ちていくが、そのゆっくりゆっくり沈む夕陽は、別れを惜しむ古なじみの気持ちか、と言っている。この二句は大変有名です。すなわち、現在の情景描写をしながら、心理の描写をしている。いわゆる心象風景というものです。

さて、ここまで読んで気がつくことは、この詩の場合には、夕暮れの情景を描いているけれども、この夕暮れのバックになっているものは非常にくっきりとした、あざやかな情景です。青山といい白水といい、真赤に落ち行く夕陽の様子といい、あっ、これはひょっとしたら王維先輩の作品を頭に置いて作ったんじゃないかなと、想像されるわけです。王維先輩の場合には、朝早い時刻であった。それを李白は夕暮れの情景にした。逆にしたことでかえって意識しているとことが分りますね。そっくりそのままにしたら底が浅くなってしまう。描いている雰囲気は似ているでしょう。からっとして、明るいような感じ、そういう新鮮な、さわやかな感じの中で別れの情が纏綿と漂います。

手を揮って茲より去れば
蕭蕭として　班馬鳴く

さよなら、さよならと言ってここから手をふって、別れていく。そうすると、馬までが人間の気持ちを知るかのように悲しげに鳴くのであった。「班馬」というのは古く『詩経』に出てくる言葉でありまして、別れの馬という意味です。送る人も馬に乗ってやって来る。送られる人も馬に乗って行くわけでしょう。馬が鳴いているということによって、人間はいうまでもないこと、という気持ちをにじませております。

先ほどの王維の詩と、李白のこの詩とは、別れの作品の極めつけと言われておりますけれども、その情景描写に共通するものがあると思います。

李白はどのくらい後輩かというと、実は年は二つしか違わない。年は二つしか違わないんですけれども、世に出たのは全然違うんです。王維の場合は十代から有名です。「時に年十五」と自分で注を付けた詩があります。有名な山東の兄弟を憶《おも》う詩は「十七」です。だから、王維は十代から有名な詩人でありました。二十歳のときにはもう試験に合格しています。そして、高級官僚の道を歩んでいる。三十歳、四十歳になると、王維は知らぬ人もいないような鬱然たる大家です。

それに対して李白の方はどうかというと、李白は四十二歳のときまで芽が出なかった。四十二歳のときにようやく都に出て宮廷詩人として仕えて、一躍名前が出たんですから、年が二つしか違わなくても、世に出るのは三十年くらいも違います。

そういうわけで、王維の影響を李白が受けることはあっても、李白の影響を王維が受けることはありません。この作品は多分、都に出てからの作品と思いますが、そのころ王維は鬱然たる大家でありますから、王維の作品はだれでも知っている。だから、李白は王維の作品を取り込んで作った可能性が強い。

中国語での朗読も鑑賞してみてください。韻は征《セイ》と鳴《メイ》。

白楽天、惜春の歌

では、次に白楽天の春を惜しむ詩に行きましょう。「三月三十日、慈恩寺に題す」という詩ですが、今と違って陰暦ですから三十一日はなくて、三月三十日というのは、つまりは三月最後の日という意味です。

一、二、三月の三か月が春。その一番最後の日に慈恩寺に行って作ったものであります。この慈恩寺には大雁塔というのが今でも聳えているでしょう。あの大雁塔ができたのは、西暦六四八年という年です。今に至るまで千三百何十年、ずっと聳えているのです。この詩を作った当時、作者は三十四歳、若かった。

三月三十日題慈恩寺　白居易

慈恩春色今朝尽　慈恩の春色　今朝尽き
尽日徘徊倚寺門　尽日　徘徊して寺門に倚《よ》る
惆悵春帰留不得　惆悵《ちゅうちょう》す　春帰りて留め得ざるを
紫藤花下漸黄昏　紫藤花下　漸《ようや》く黄昏

何となく若さの甘ずっぱいような感じがする作品です。

今日三月三十日、春の最後の日、慈恩寺の春の色、ちょうど今朝でおしまいだ。「尽」という字がしりとりになっています。

尽日というのは一日中。一日中このお寺の境内をうろうろし、そして寺の門に寄りかかって、春を惜しむ。ああ、春はもう帰っていって、引き留めることはできないな。

「惆悵」というのはがっかりすることです。なお、発音しておわかりのように、チュウチョウと頭がそろっているでしょう。こういうのを双声語といいまして、音声上の効果がある。

紫の藤の花の下で、次第次第にたそがれていく。このたそがれが迫ってきて、夜になったら今日はおしまい。そして、春もおしまいです。だから、今はもう本当に春がわずかしかないという、それをいとおしんでいる、そういう気持ちがよく出ているでしょう。

このときは彼は都に勤めておりましたが、その都の勤めを辞めて、更に上級試験を受けたのが翌年です。最後の上級試験に受かって、そしてエリートコースを歩んでいくわけですが、そういうような若いときの感傷に満ちた作品であります。これを受けて後に北宋の王安石が「海《かい》棠《どう》花下　黄昏に怯《おび》ゆ」という詩を作ったんです。宋の詩人たちは、唐の大先輩たちが作った詩をいろいろと工夫をします。白楽天は藤でしょう。王安石は海棠にしたんです。

海棠花下　黄昏に怯ゆ

海棠の花の下で、黄昏に怯えている。たそがれが迫ってきて、夜になったらおしまいだ。花が見えなくなってしまうということで、白楽天の「漸く黄昏」を受けながら、それを更に強めた。花も藤の花から海棠の花に変えた。これが王安石の工夫です。

なお、白楽天は杜甫の死んだ二年後に生まれています。杜甫や李白は八世紀、白楽天は八世紀の末から九世紀にかかっている。王安石は十一世紀の人です。

このように先輩の作品を踏まえつつ、いろいろと工夫をこらして自然の歌を作っていくわけです。

この白楽天の詩の韻は門《モン》と昏《コン》です。中国語での朗読も聴いて味わってください。

第三章

漢詩と風土

地大物博の中国

文明、文化というものは風土と密接な関係がありまして、風土の中から出てくるわけですから、やはり風土を知ることなしにはその文明や文化というのはわからないと言ってもいいですね。

日本は日本列島という島国の中でできているわけですから、中国とは大いに違います。日本人が漢詩や漢文を勉強するときには、そのことを頭に置いておかなきゃいけないですね。全然風土が違うんです。ごらんのとおり大きな国ですよ、中国は。面積は日本の二十六倍もある。九百六十万平方キロ。日本は三十七万平方キロです。非常に大きな国です。中国人も自分たちの国が大きいことを認識しております。このことを中国人は何と言ったか。「地大物博」とい

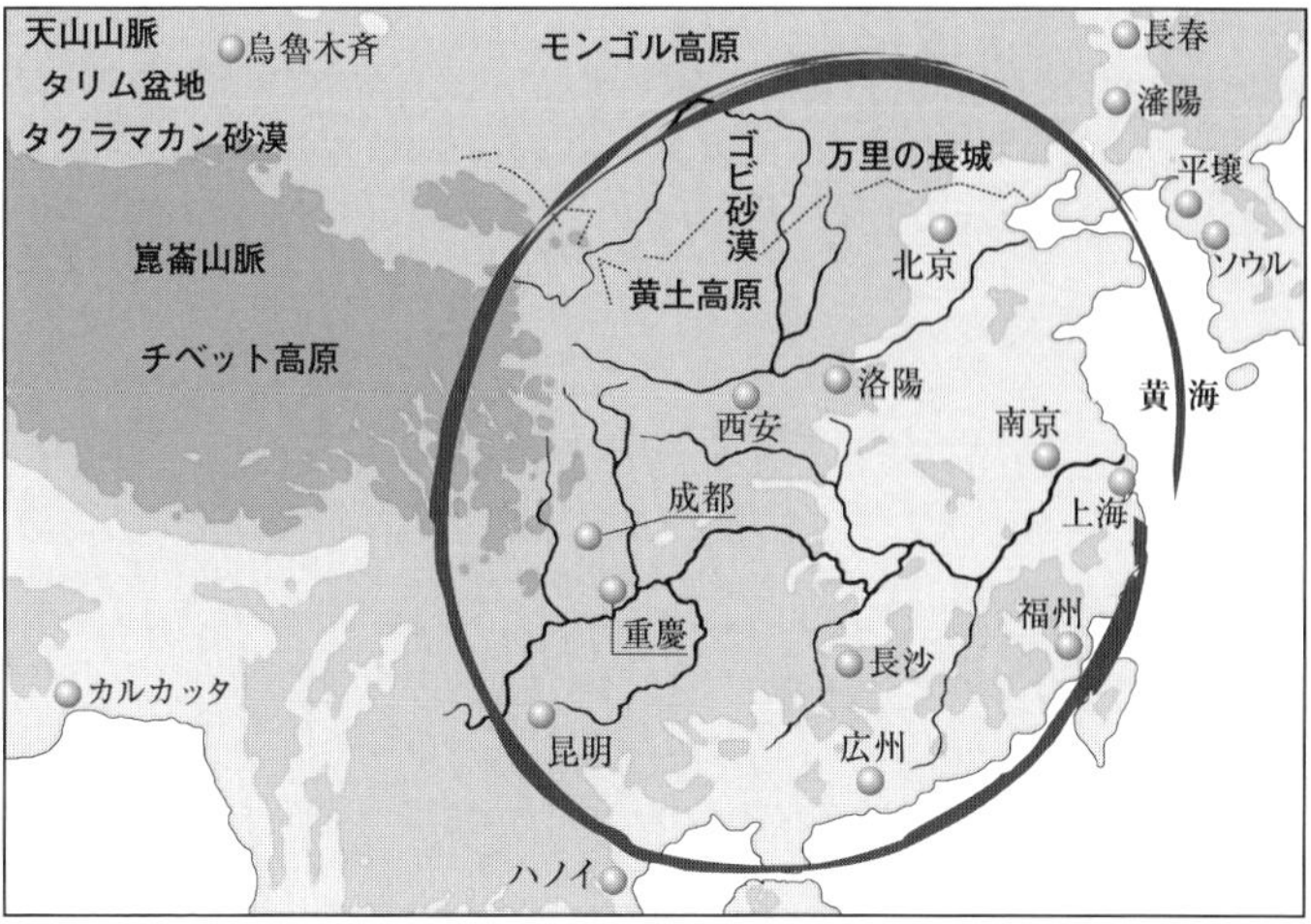

中国人の考えた「天下」

うんです。これが中国の特徴として中国人自身が認識している言葉です。

今、西の方も中国の領土ですが、昔は中国ではなかった。この部分はシルクロードで砂漠ですからほとんど人は住んでおりません。それからチベット、この部分は昔は中国ではなかった。北の方の、昔、満州といっていたところ、これも昔は中国ではなかった。ちょうど黄河流域を中心とした丸い部分、これが昔から中国です。これだけでも相当広いですが、この丸い大きな地域、これを中国人は「天下」と考えたんです。このことは日本と比べるとよくわかる。日本は細長い小さな島国ですけれども、全体が日本だと意識したのはごく最近です。江戸までは北海道は蝦夷といっていた。文化はどの辺から興ったか、よく分らないけれど、だんだん西から東、北の方に及んでいったわけでしょう。こんな小さな国でも一つの国として文化がまとまって意識されたのはそんなに古くない。しかし、中国はそうじゃない。この丸い地域は相当昔から天下として意識されている。このことは大変大きな違いなんです。

ですから、中国人は世界的な視野を初めから持っている。天下。自分たちはその真ん中を占めている。「中華」だというわけです。いい気なものと言えばそうでしょうけれども、認めないわけにいかない。真ん中で華やかな国だと、華やかな文化を持っていることを古くから意識している国です。

それは時に中華思想などといって、鼻持ちならない、ということになるかもわかりませんけれども、一面からいうと大変うらやましい。そういう意識をずっと持ち続けているのです。例えば孔子などという人は二千五百年も前の人ですけれども、その二千五百年も前に、すでに人類のことを考えています。視野が全人類に及んでいます。ごくごく狭い、小さなところの考え方ではないんです。人間というものを全部見ている。そういう考え方を生む風土というものが既にあるんです。

例えば司馬遷という人がいたでしょう。あの膨大な『史記』という歴史文学は、自分たちが中心であって、世界の文化を背負っているという自負なしには書けないものです。変な話だけれども、宮刑といって、大事なところをちょん切られるという恥ずかしめの刑を受けて、普通の人だったらめげてしまう。それをこんなことでめげるものかと。そして一層自分の気持を駆り立てて、それで『史記』を完成したわけです。『史記』を完成した後は、彼はふ抜けのようになったんでありましょうか、いつ死んだのか分らないんです。

つまり、彼をそういうふうに駆り立てたものは何かというと、全人類の中心にいて、俺が書かなきゃ誰が書くという意識を、既に二千年前に持っていたんですね。司馬遷は二千二百年前の人です。

それから、杜甫。八世紀の人、千三百年前です。あの杜甫が放浪の生活をして、大変苦しい生活をしたけれども、自分の作品をずっと守ったでしょう。普通だったらあの位低い地位で、ああいうような生活をしていた人の作品というのは伝わらないです。大体散逸してしまう。というのは、そのころはまだ印刷の技術もない、本が一般的に広まることもないですから。杜甫よりちょっと先輩になるけれども、王之渙《おうしかん》という詩人の場合は、今はたった六首しか伝わっていませんよ。だから、杜甫も普通にいったら十首くらいしか伝わらないです。それが今は千五百首残っている。それは、本人が、俺の詩は世界一だと思っていたからなんですよ。だから、大事に大事に風呂敷に包んで、風呂敷があったかどうか知らないけれども、どこへ行くにもちゃんと守って、死ぬときには遺言をして、息子によくよく伝えて死んだ。だから、孫のときになってそれが世に出たんです。彼がそのように自分の作品を守ったということは、自分の作品は世界で最も優れたものだ、最高のものだという自負があった。それでそういうことをやったんです。中華民族というのは大したものですよ。うぬぼれになるのも当然だなと思います。そういっちゃ何ですけれども『源氏物語』、今は世界で相当高い評価を受けていますが、紫式部は、私の書く『源氏物語』は世界一よ、と思って書いたどうか。恐らくそうじゃありません。瀬田の唐橋のたもとでちょぼちょぼ書いていたんでありましょう。それがたまたま今日の目から見るとすばらしいということで評価されている。

私のいいたいことは、中華民族の高い文明というものは、あの風土の中から出てきた。地大物博、土地が広くて物がたくさんある、そういう風土、基盤の下に生まれたということです。

さて詩の話になりますが、そういうような風土の中で、詩人たちは、あっちへ行ったりこっちへ行ったり、いろんな場面でたくさん詩を詠んでいます。ですから、風土ということでどんな詩を取上げるか悩みますが、山とか原とか河とか、というようなテーマをもとに幾つかの詩を選んでみました。どのような風土をどのように描いているかということを見ていきたいと思います。

杜甫、山を詠う

まず「山」についてですが、何といっても杜甫から始めたいと思いまして、「望岳」という詩を選びました。この「岳」というのは泰山であります。泰山はどこにあるかといいますと、山東省のつけ根のところにあります。この山は富士山のような山ではない。浅間山のような山でありまして、がっしりと根を張っていて、高さもそれほど高くない。千五百メートルくらい。日本だったらこんな山はごろごろあって、少しも珍しくないが、中国では中心部はほとんど平野ですから、千五百メートルの山というのは少ないです。殊に山東半島の辺りは高い山は一つもない。この山は目立ちます。そのがっしりと根を張った、中国の山にしては高く見える、大きなお山をどのように表現したか。この作品は杜甫の二十代の若いときの作品であります。

杜甫は四十歳のころに自分の作品を十分の九捨てたんです。未熟なものを残しておけないと思ったんでありましょうか。十分の九は捨てたといいます。捨てたということは、結局、残った詩は自信作ということです。これは若いときの自信作として彼がわざわざ残した作品です。

望岳　杜甫

岱宗夫如何
斉魯青未了
造化鍾神秀
陰陽割昏暁
盪胸生曾雲
決眦入帰鳥

岱宗《たいそう》　夫れ如何《いかん》
斉魯　青　未だ了《おわ》らず
造化　神秀を鍾《あつ》め
陰陽　昏暁を割《わか》つ
胸を盪《うご》かして曾雲生じ
眦《まなじり》を決して帰鳥入《い》る

会当凌絶頂　会《かなら》ず当《まさ》に絶頂を凌ぎて
一覧衆山小　一覧すべし 衆山の小なるを

この詩は律詩の形をしておりますが、韻は仄韻といって平らな音ではない。中国語で読んだものを聞いていただけばわかりますが、平らな音ではないので、五言古詩になっているんです。

岱宗の岱という字は「泰」とも書きます。宗は本家という意味です。泰山は山の本家なんです。中国では五つの名山を数えます。これを五岳といいます。ちなみにほかにどういう山があるかというと、真ん中に嵩山《すうざん》があり、西の方には華山《かざん》、南の方には衡山《こうざん》、北の方には恒山《こうざん》という山があります。これで五岳です。その中でも山の本家泰山は、一体どういうお山であろうかと、このように疑問を発しているのですが、その発し方がおもしろい。これは泰山という山が非常に崇高な山だ、けだかい山だというのを言うのに、どういう表現をしたらいいかと杜甫もいろいろ考えて、率直に疑問のような形でぶつけた。一体どんなお山だろうかと。「夫れ」と言った。これは普通、詩には使わない言い方で、ちょっと異例な感じになっている。「そもそもそれは……」と。そこに一つの感動を込めているわけです。

さて、どういうお山であろうか。それは、斉の国と魯の国とにまたがって、青い色がどこまで行っても終わらない、という大きなお山だよ、と。斉と魯が出てきましたが、斉という国は山東半島の先っぽに昔あった国であります。都は臨淄《りんし》というところです。この根もとの方に魯という国があり、これは孔子の出た国です。斉と魯、それにちょうどまたがっている位置に泰山がどっしりある。青々としてその姿はずっと終わらない。

「青　未だ了らず」というこの讃辞は大変奇抜な言い方でありまして、今も泰山へ参りますと、この讃辞が麓の岩に刻んであります。

造化　神秀を鍾め
陰陽　昏暁を割つ

天地を作りたもうた造化の神様が、奇《くす》しき秀でたものをば、この地に集められた。そして、この山の日の当たらないところと、日の当たるところによって、昏と暁とが分けられている。つまり、この山が非常に大きいので、日が当たるところは朝であるが、日の当たらないところはまだ夜だという言い方をしているわけです。朝と夜とを分けるほどの大きいお山だ。

胸を盪かして曾雲生じ
眦を決して帰鳥入る

これは倒装法といいまして、言葉の順序が逆になっているんです。曾雲生じることによって胸が盪くんです。横にたなびく雲のことを層雲というでしょう。曾雲は、層雲です。泰山に雲がむくむくわいている。その層雲を見ることによって、胸がどきどきするという。胸を盪かすというのは、どきどきすることです。これも倒装法です。反対にすることによって強調するわけです。

「曾雲生じて胸を盪かす」といったら普通の言い方です。「胸が盪くよ、曾雲が生ずることによって」と言っている。

『論語』の中にも、顔回という弟子が優れていると言うのに、「顔回は賢なり」と言わないで、「賢なるかな回や」と言うでしょう。「賢いな回は」、これと同じです。強調したいことを先に持ってくるんです。「胸が盪くよ、曾雲が生ずることによって。眦が切れるよ、帰鳥が入る姿を見て」と。

大きなお山に霞がかかって、カラスが連れだって帰ってくる。どんどん帰ってくる。それをじっと見ていると、目の尻が切れるというんです。こういう具体的な、感覚的な表現を中国人は好むんです。

日中の詩の特色

中国文学と日本文学を両方やっていますと、最も気づくことはこの表現の差なんです。中国人は感覚的、具体的な表現を好む。日本人は情緒的、漠然とした抽象的な表現を好む。例えば

「いとおかし」「いとあわれ」とかいう情緒的な言葉が好きでしょう。

ところが中国人は酸っぱいことと辛いことで「酸辛」という。これは世の中の辛さをなめることで、逆にして「辛酸をなめる」とも言うでしょう。日本人だったら、「つらい、かなしい」と言う。これは抽象的な言葉です。中国人は辛酸をなめると言う。つまり、きゅっと酸っぱい、あるいはぴりっと辛い、こういう感覚的な言葉を使うわけです。

中国の小説を読んでいると、こういう言葉があるんです。「私の心臓、肝臓」。これは何だかわかりますか。恋人という意味です。恋人という言葉は漠然とした抽象的な言い方だけれども、私の心臓ちゃん、肝臓ちゃんと言ったら、こんな大事なものはないということで、よくわかるでしょ。心臓と肝臓は大事なものでしょう。「我的心肝（ウォダ・シンガン）」と言う。日本人にはなじめないけれども、中国語ではこういう言葉があるんです。

ここでは、眦が切れる、あるいは胸が盪くという言い方によって、お山の気高さ、偉大さといったものを表現しようとしました。

会ず当に絶頂を凌ぎて
一覧すべし　衆山の小なるを

いつか必ずこのてっぺんを越えて、もろもろの山が小さく見えるほどぐるっと見てやろうと。

つまり、この泰山のお山が一番高くて大きい、だからここへ登れば周りの山が小さく見える。これは孟子が、

孔子　泰山に登りて天下を小とす（尽心上）

と言った、これをうまくもじったんです。我が輩はこの泰山に登って、もろもろの山の小さいのを見てやろうと。ここには同時に杜甫の若い希望に燃えた気持ちも託せられているでありましょう。このころはまだ二十代ですから、こわいものなしですよ。この先どんな未来が待っているかと思って、彼は胸をときめかしたんでありましょう。実際にはこれからしょぼしょぼした人生になってしまうんですけれども、杜甫はこの時代にはそういうような意気に燃えていた。四十歳ころになって、この作品を捨てかねたんでありましょうね。俺もこういう若いときがあったと。

このお山の描き方、すばらしいでしょう。富士山のように気高く高い山ではなくて、どっしりと根を張っている神々しいお山、その様子が描けていると思います。これが我が国の江戸時代に入りまして、富士山の形容にうまく利用した人がいます。柴野栗山《りつざん》（一七三六〜一八〇七）という人が、富士山を杜甫の「望岳」にならって作っている詩がありますので、ご紹介しておき

ましょう。

詠富士山　柴野栗山

誰将東海水　誰か東海の水を将《も》って
濯出玉芙蓉　濯《あら》い出だす玉芙蓉
蟠地三州尽　地に蟠《わだか》まって三州尽き
挿天八葉重　天に挿《さしは》さんで八葉重なる
雲霞蒸大麓　雲霞大麓に蒸し
日月避中峰　日月中峰を避く
独立原無競　独立原《もと》競う無く
自為衆岳宗　自《おのず》から衆岳の宗と為る

さて、さきほどの杜甫の「望岳」の詩を中国語で朗読するのを聴いていただくと、韻が響いているのが分るでしょう。リアーオ（了）、シアーオ（暁）、ニアーオ（鳥）、シアーオ（小）とこれが韻になっています。これは現代中国語の韻です。杜甫の時代には多少違いますけれども、韻がそろっていることがお分りいただけたと思います。

中国には日本のような山はあまりないんです。泰山はこのような山として詠われましたけれども、山といってもいろんな山があるんです。山水画に描かれるような山は誇張して書いてあるんですね。例えば長安とか洛陽とか、ああいう都の周囲に普通ある山というのは、黄土の堆積層の山です。黄河の流域は黄土が積もって堆積層となり、それが浸蝕でぐっと掘れている。それを下からみると山に見えるわけです。しかし、登ってみると堆積層ですから、上が平らになっているという山なんですね。

　日本の山と中国の山とは大分違う。川も後でお話しますが、中国と日本では相当違います。

楽遊原にて

　次に原ですが、今お話した都・長安の黄土堆積層の楽遊原についてであります。近ごろは昔の長安、今の西安においでになる方が増えましたから御存じの方が多いと思いますけれども、これは現在市内にあって、それほど高くないんでありますが、平らな台地です。現在はこの楽遊原に、我が弘法大師が九世紀の初めに中国へ渡りまして勉強した青龍寺というお寺が復元して建ててあります。

　今日楽遊原に参りますと、あまり見晴しはよくないが、李商隠が生きていた九世紀のころにはちょっと小高くて、向こうの方がずっとよく見えたらしい。

楽遊原　　李商隠

向晩意不適　晩に向《なんな》んとして意適《かな》わず
駆車登古原　車を駆って古原に登る
夕陽無限好　夕陽　無限に好し
只是近黄昏　只だ是れ黄昏に近し

「晩になんなん」と読みますが、夕暮れになりかかっているという時刻であります。まだ真暗ではない、だんだん日暮れて、辺りが蒼茫として暗くなりかけている。そういう時刻になると、何となく心が落ち着かない。「意適わず」。これはなかなか面白い言い方で、「意適う」と言ったら満足するという意味ですが、「適わず」と言っていますから、何となく落ち着かない。満足できない、というわけですね。

そこで物につかれたように車に乗って、この楽遊原という古い原に登ってみた。すると、ちょうど夕陽が落ちていく。「無限に好し」。実に赤々と夕陽の姿がよい。しかしながら、「只だ是れ黄昏に近し」。その夕陽のよさというものは、長くは続かない。今はもう黄昏に近いときであるから、やがてはすっと夕陽が沈んでしまうと辺りは暗くなります。この夕陽のよさというものは、無限によいのだけれども、時間的にいうとごく短い間でしかないわけです。

中国に行きますと、日本よりも太陽が大きく見えます。殊に夕陽はね。昔「赤い夕陽の満州に」という歌があったでしょう。ああいうふうに大陸では太陽がとても大きく見えますよ。真赤な太陽がゆっくりゆっくり沈んでいきます。それを見て、ああ、いいな、いいけど、この夕陽はやがて沈んでしまう。「只だ是れ黄昏に近し」。「只だ是れ」というのは強調です。それは黄昏時に近いんだと。このように夕陽の姿を詠じております。この李商隠という人は九世紀半ばの人ですが、唐の王朝は十世紀の初めに滅びます。従いまして、李商隠の生きていた時代には、唐の王朝はもう傾いていたわけです。その傾いている様子というのが自然に詩人の鋭敏な感覚でとらえられているんだと思います。凡人には世の中の動きはあまり分からないけれども、詩人は鋭敏に分かる。そこで、何となしに滅びの影が忍び寄っているような、そういう気分がこれに出ていると思います。隆々として栄える御代の歌ではありません。世の中下り坂になって、何となく暗い様子になって、滅びの影が忍び寄っている。それを、

夕陽　無限に好し
只だ是れ黄昏に近し

と表現したものと思います。

例えば先ほどの杜甫の場合、李商隠よりも百年先輩ですけれども、そのころちょうど世の中がだんだん怪しくなってきて、安禄山の反乱に遭遇したんです。杜甫は栄える御世と、滅びゆく時の両方を体験している。そのまだ栄える御世に見えるときに、既にこれから起こるべきこ

とを予感して作っている。「兵車行」、あるいは「麗人行」という長い詩がそうです。楊貴妃の姉さん、美しい麗人、それを詠うことによって、その麗人のでたらめな私生活、それを暴いている。世の中が栄えているように見えるけれども、やがて破綻が来るよということを、詩人は鋭敏に感じてああいう歌を作っている。あれは安禄山の反乱が起こる四、五年前に作っているんですよ。まだ人々はだれも気がついていないんです。詩人というものは鋭敏なものです。

楽遊原はちょっと小高いですから、西の方を見ますと何かが見えます。実はお墓が見えるんですね。漢の時代、唐王朝の時代の大きな皇帝のお墓が土盛りしてある。今も残っています。これがずっと向こうの方に見えている。そして夕陽が沈みますので、黒いシルエットになって見えるわけです。いやでも見えます。李商隠の少し先輩の杜牧に、「楽遊原上昭陵を望む」という句があります（将《まさ》に湖州に赴かんとして楽遊原に上る）。昭陵は唐王朝を興した名君太宗の墓です。あるいはこの詩もこの昭陵を暗に意識しているのかもしれない。ここには直接書いてありませんけれども、その古い原である楽遊原に登って夕陽を見ると、そういうものが見えると。視野の中にそういうものがあるんだなということを踏まえつつこれは観賞するわけです。そこに夕陽がゆっくりゆっくり沈んでいく。まさしく滅びの影なんですね。

黄河と武帝の「秋風辞」

次に河について。少し長い詩ですが、漢の武帝の「秋風辞」。今の李商隠が九世紀、杜甫が八世紀、漢の武帝は紀元前二世紀の人です。

上行幸河東、祠后土。顧視帝京欣然。中流与群臣飲燕。上歓甚。

上《しょう》河東に行幸して、后土を祠《まつ》る。帝京を顧視して欣然たり。中流に群臣と飲燕す。上歓ぶこと甚だし。

以上のような前書きがあります。上《しょう》というのはお上《かみ》という意味で皇帝を指します。武帝様は、黄河の東に行幸され、后土をお祠りになった。これは土地の神様です。天の神様ではない、土地の神様です。天の神様を祠るときには泰山に登ります。地の神様は黄河の東の山西省の汾陰《ふんいん》というところで祠ったんです。

都・長安から東にいくと黄河が流れているでしょう。この黄河に東北の方から斜めに注いでいる河がある。これは汾河《ふんが》といいます。この汾河をちょっとさかのぼったところに后土のお宮があった。都からそれほど遠くないんですけれども、黄河に船を浮かべてさかのぼって、汾河に入って旅をしたんです。

ついでに言うと、泰山はここよりずっと東の山東省にあります。天の神様をお祠りするときには泰山に来た。武帝も泰山に登って封禅という儀式をやっています。

お上は都の長安を振り返り見て喜ばれた。いい気持ちになって河の中ほどに船を浮かべて群臣と宴会を開いた。お上は大変お喜びになって、秋風の歌を作って次のように言う。

秋風辞　漢武帝

秋風起兮白雲飛　秋風起こりて白雲飛び
草木黄落兮雁南帰　草木黄落して雁南に帰る
蘭有秀兮菊有芳　蘭に秀有り菊に芳有り
懐佳人兮不能忘　佳人を懐《おも》いて忘るる能わず
泛楼船兮済汾河　楼船を泛《う》かべて汾河を済《わた》り
横中流兮揚素波　中流に横たわりて素波《そは》を揚ぐ
簫鼓鳴兮発櫂歌　簫鼓鳴りて櫂歌《とうか》発し
歓楽極兮哀情多　歓楽極まりて哀情多し
少壮幾時兮奈老何　少壮幾時ぞ老いを奈何《いかん》せん

この詩の原文を見ますと、字あまりもございますけれども、原則的には上に三字、そして、真ん中に妙な字があって下に三字です。この真ん中にはさまれた字「兮」はケイと読みますが、意味はありません。拍子を取る合いの手みたいなものです。

中国語では「シー」と発音しますが、中国語の朗読を聞いて見てください。「兮」の字がどういう効果をもっているかがよく分かると思います。

秋風起こりて白雲飛び
草木黄落して雁南に帰る

秋風が吹き、白い雲が飛び、草木は黄色く色が変わり、枯れ落ちて、雁が南に帰る季節となった。秋風が吹いて、物がだんだんと衰えていったことを詠っております。これが一番最後に言いたいことの伏線となっているわけです。

蘭に秀有り菊に芳有り
佳人を懐いて忘るる能わず

この蘭は今我々の言う蘭ではない、水草であります。フジバカマと言うんでしょうか。秀は花、花が咲いている。また、菊にもよい香りの花が咲いている。秋の季節ですから、こういう花が咲きます。

そういう季節に、よき人を思って忘れることができない。「佳人」というのは誰を指すかというのはいろいろ説があります。都に残してきた重臣だという説もありますが、ごく普通に考えると、后土の神様。大地の神様というのは女神なんです。ですから、その女神のことを思っているというふうに考えるのが自然だと思う。女神のことを思って忘れることができない。

楼船を泛かべて汾河を済り
中流に横たわりて素波を揚ぐ

「楼船」というのは今風にいえば屋形船でありましょう。屋形船を浮かべて汾河を済《わた》っていく。日本語の渡るというのは普通、河を横切ることを言いますね。この「済」はそういう意味ではなく、河の中をずっと通っていくことを言っているんです。「中流」という言葉も、上流、中流、下流の中流ではない。ここでは流れの真ん中という意味です。汾河というのは大きな河でありまして、その河の真ん中辺りに船を浮かべて白い波を揚げると。「素波」の「素」は白。

この間の連休を利用して私はここへ行ってきたんです。山西省というところですけれども、汾河は見る影もない。全く枯れてしまって水がないんです。そこでこの歌を思い出したのですが、かつて漢の武帝が屋形船を浮かべたという河、どこに浮かべたかと思うほどひどいことになっております。汾河は河としては死んじゃいましたね。黄河も中流から下流の方は年がら年じゅう枯れているらしいです。ダムで使ったり、灌漑で使ったりして、北の方は年間降雨量が日本の四分の一以下ですから、枯れてしまうんですね。
この歌を見ますと、昔は豊かに水をたたえていたということがわかります。そして、河の中ほどに屋形船を浮かべて、

簫鼓鳴りて櫂歌発し
歓楽極まりて哀情多し

「簫」はたて笛であります。尺八のような笛のことを言います。「鼓」は太鼓です。笛や太鼓を鳴らして舟唄を詠う。喜び楽しみが最高潮に達する。そうすると、悲しい気持ちが多く起こる。この最後の二句で転換いたします。ここまでは屋形船を浮かべたりしてピーヒャラピーヒャラにぎやかにやってたんでありますが、ここで歓楽が頂点になると、そこから悲しい気持ちが起こってくる。物は何でもそうですけれども、クライマックスになったら、後は落ちるだけです。

少壮幾時ぞ老いを奈何せん

年が若く盛んなときは、どれほど続くであろうか、老いをどうすることもできない、ということで、このとき漢の武帝は四十八歳だったといいますが、そろそろ老いを感ずる年でありま

す。

そこで最後の、この老いを悲しむ言葉の伏線が最初の、「草木黄落して雁南に帰る」という句にあるわけです。秋の季節というのは物が衰えて枯れる季節でありますから、最後に秋の季節に感じて自分の秋、自分の人生に忍び寄ってくる秋を悲しんでいる。

この武帝は紀元前二世紀の人、恐らくこの当時、世界最高の権力者じゃなかったかと思う。その最高の権力を持っている人間ですら老いというのはどうしようもない。その嘆きです。かつて秦の始皇帝も何とか長生きできないかと思って、いろいろな術使いにだまされたりもしました。漢の武帝もそうです。何とか長生きしようと思っていろいろな術使いにだまされておりますが、最高の権力を握れば握るほど、その権力をずっと長く握っていたいと思うんでありましょう。それにつけても、老いをどうすることもできないという嘆きは痛切です。この歌はなかなかいい歌だと思います。

なお、この歌の一番最初の、「秋風起こりて白雲飛び」という詠い方の元には、彼から数えるとひいおじいさんになりますかね、漢の高祖に「大風の歌」というのがある。

大風起こりて雲飛揚す

というのですが、その辺りからヒントを得たと思います（二六九頁参照）。漢の高祖の「大風の歌」というのは、天下を取って意気揚々たる歌なんですけれども、こちらの方は秋風が吹いたことによって、人生を悲しむという歌になっている。

真ん中の「兮」という字をはさんで三字・三字という形は『楚辞』の形なのです。『楚辞』は楚の地方の歌です。楚は揚子江流域の国です。紀元前四世紀から紀元前三世紀にかけて生きていた屈原という人が集大成しました。その『楚辞』の調子を使っている。これを「楚調」といいます。

韻が途中で変わっています。飛ぶのヒ、帰るのキ、ここで切れます。そして芳《ホウ》、忘《ボウ》、これでまた切れます。あとはずっと一つで、河《カ》、波《ハ》、歌《カ》、多《タ》、何《カ》。都合、三回変わっています。

黄河という川は、西の方から東へ流れて、北へ向かい、そして九十度折れてまた東へ曲がって、また九十度折れて南へずっと下がり、山西・河南でまた九十度曲がって東に向かい、渤海に注いでいる。黄河はくっくっと大きく何回も曲がっているので、「黄河九曲」といいます。

杜牧、「江」を詠う

さて、「河」に続いて「江」についてお話しましょう。黄河流域の属する北中国の気候が乾燥して寒いのに対して、南の方の揚子江の流域は暖かくてよく雨が降る。日本と気候が似ています。ですから、川も全然違うんです。北の方の川は冬は凍結する。そして、よく枯れるわけです。南の方は凍結しません。揚子江も凍りません。そして枯れません。今でも随分潅漑で水を使っているけれども、かなり豊かに流れております。

本来、「河」という言い方は北の川に使う。南の方は「河」といわない。「江」というんです。ですから、同じ川でも字が違う。「河」といったら北の川、「江」といったら南の川を指します。次の杜牧の「漢江」というのは揚子江の支流であります。湖北省の武漢という町に西北から流れ込んできて、ここで揚子江に合流している大きな川です。

漢江　杜牧

溶溶漾漾白鷗飛
緑浄春深好染衣
南去北来人自老
夕陽長送釣船帰

溶溶《ようよう》　漾漾《ようよう》として　白鷗飛ぶ
緑浄《きよ》く　春深うして　衣を染むるに好し
南去北来　人自ら老ゆ
夕陽　長《とこ》しえに送る　釣船の帰るを

杜牧は先ほどの李商隠とほぼ同時代、八〇三年生まれで十歳ほど年が上です。杜甫は七一二年生まれですから、杜甫より九十年後輩になります。この人は何遍も都の長安と揚子江流域との間を往復しております。漢江を船でさかのぼって、都の近くまで行きまして、船を降りて、山越えをして都に入る。南方へ出るときには、逆に山を越えて漢江の上流に来て、ずっと船で下って武漢まで来て、武漢から洞庭湖の方へ逆に行くか、あるいは鄱《は》陽湖の方に行くか、二つのルートがありました。

上の「溶溶」というのは、水がたっぷりしてあふれている様子をいいます。下の「漾漾」の方は、揺れることですから、波が立っていることです。いずれにしましても、漢江という川が水量豊かに悠々と流れている様子を「溶溶 漾漾」といった。日本の漢字音ではどちらも「ヨウ」ですけれども、中国語で発音しますと違います。「ロンロン ヤンヤン」です。

そこに白い鷗が飛んでいる。先輩の杜甫が「江碧にして 鳥いよいよ白く（『絶句』）」と詠っています。あるいはそれを意識しているかもしれません。水が緑で、その上に白い鷗が飛んでいる。

緑浄く 春深うして 衣を染むるに好し

緑は清らかに春は深く、その緑の色が着物を染めるによろしい。染めるほどだという意味です。いかにも青い様子であります。このようにあざやかに描いておきまして、

南去北来 人自ら老ゆ

この「南去北来」という言葉は、南北に去来するというのを分けて言ったものです。こういうのを中国の修辞法では「互文」というんですね。これと似た言葉に「東奔西走」というのが

あります。東西に奔走するから東奔西走。南北に去来するから「南去北来」です。南北に去来しているうちに人は自然に年をとる。人といっているのは自分のことです。自分も何遍も都から揚子江の方へ行ったり来たりして、だんだんと年をとってきた。

夕陽　長しえに送る　釣船の帰るを

ここでも夕陽が詠われております。夕陽が赤々と沈む、その夕陽の光がとこしえに、釣り船の帰っていくのを送っている。これはなかなか意味深長な詠い方で、この釣り船に乗っている人は漁師です。漁師、きこり、こういった人たちは自然の中に生きている。だから中国の文人にとって、こういう人たちの生き方は大変うらやましい。自然と共に生き、何のわずらいも苦労もない、出世とかに無縁だ、こういう生活に戻りたい、というのが役人階級である詩人たちの願望です。こういうのを「帰隠願望」というのですが、そういう願望がここにあるわけです。夕陽はとこしえに、いつもいつも釣り船の帰っていくのを送るように赤々と沈んでいく。だから、自分もここで、都からあっちへ行ったり、こっちへ行ったりして、いつの間にか年をとったけれども、あの釣り船の主と同じように、この自然の中で生きていきたいなと。こういう帰隠願望が最後の句にそこはかとなくにじみ出ております。はっきりと隠者になりたい、と言ったらこれは詩にならない。夕陽がとこしえに、いつもいつも釣り船の帰っていくのを送っている。そのように自分も夕陽に照らされながら、釣りをしながら夕暮れになれば帰っていくような、そういう生活をしたいな。それに引きかえて今はそうじゃない、都へ行ったり来たり、あくせくしている。そこに自分の人生をあざけっている自嘲の気分があるわけです。

川は中国の場合、運送の手段として非常に重要な意味を持っているわけですが、北の方は枯れるので、あまり船では往来しません。ですから、「南船北馬」という言葉があるでしょう。これは南の方は川を利用して船で旅行することが多いが、北の方は船はだめなので、馬で旅行するということです。この漢水という河は大変重要な動脈でありまして、都・長安の南に秦嶺山脈という山がある。この山を越えると漢水の上流に出る。そこからずっと漢水を下りまして、武漢まで来ますと、先ほど言いましたように、洞庭湖の方に行くルートと、鄱陽湖の方に行くルートがある。

韓愈は洞庭湖を通った。韓愈は流されたでしょう。洞庭湖から瀟水《しょうすい》をさかのぼっていくと、広州に流れる珠江の上流に交わっている。この間に運河ができているんです。舟で行けるんです。ずっと舟で行くんです。南船北馬。

杜牧は五十年くらいの短い人生でありましたけれども、しばしば都と南の方とを往来しております。

中国語の朗読を聞いてみましょう。飛《ヒ》、衣《イ》、帰《キ》と韻を踏んでおります。

湖を詠う

次に湖です。中国にはいろんな湖がありまして、先ほど話にでました洞庭湖、これは湖の代表、それから鄱陽湖、現代では最も大きい淡水湖であります。それと塩の湖もある。その湖の大きさも日本の琵琶湖などとはけた違いに大きい。洞庭湖は昔は琵琶湖の七倍ありました。今はこれも御多分に漏れず、湖にだんだん泥がたまって、湖が小さくなりました。洞庭湖は川のようになっているところが多く、現在は鄱陽湖の方が大きい。

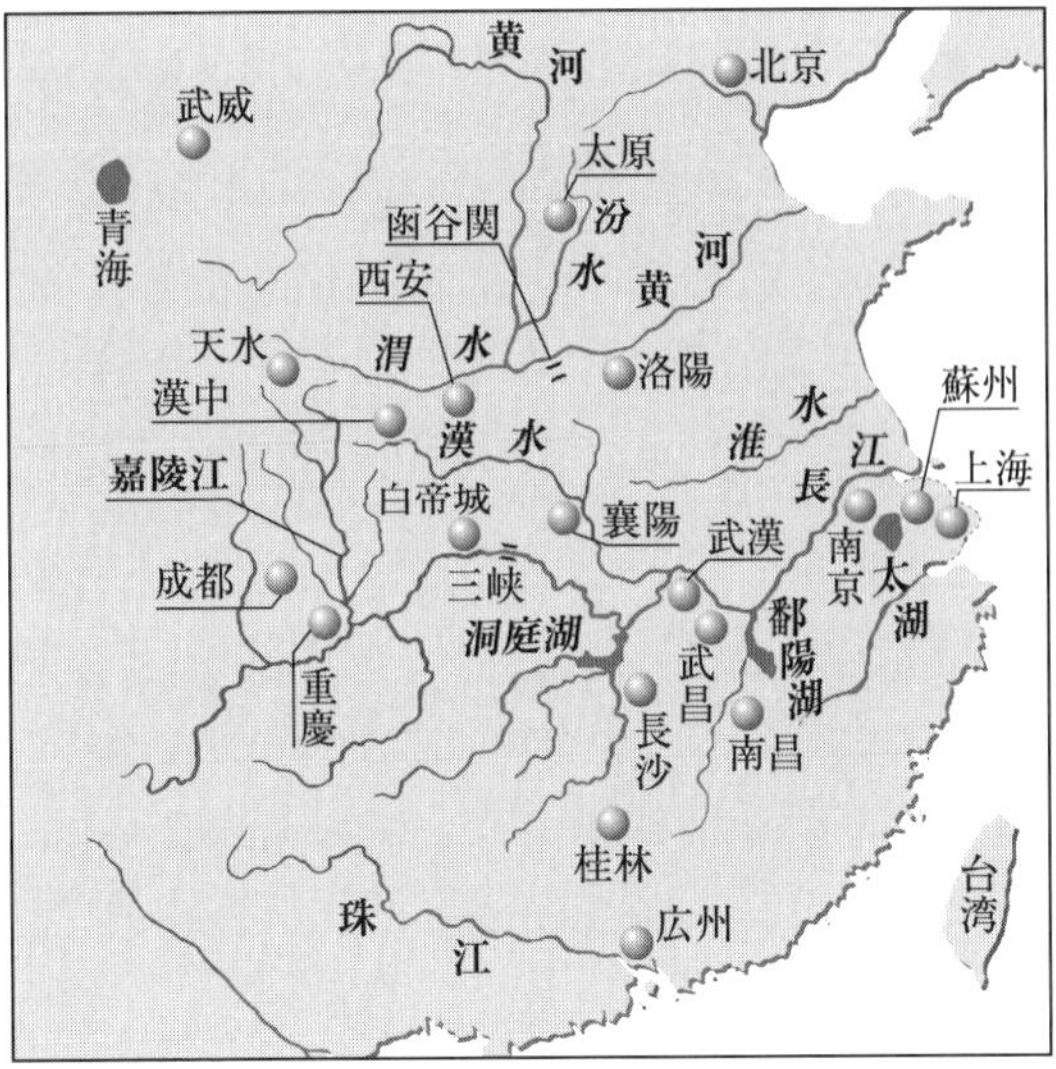

長江・洞庭湖・鄱陽湖

西から揚子江が大きく東に向って流れております。西北の方から漢水が流れ込んできて武漢で合流する。この揚子江ぞいに洞庭湖と鄱陽湖の二つの大きな湖が目玉のようにありまして、後、小さい湖は幾つもある。一番西のはずれの方に、これは結構大きな湖ですが、青海があります。実はここにも去年行きました。標高三千メートルもあるところです。なめてみたけれども、相当塩っぱい。聞いたら海の二倍の塩です。これは塩湖です。我が琵琶湖と地図で比べてみると、これがいかに大きいか分るでしょう。蘇州の近くの太湖、これでも琵琶湖の三倍あります。そして江と湖と合わせて「江湖」という言葉ができた。これはつまり都に対して、地方という意味なんですね。江湖の地方に流されたという言い方を詩の上でもよくします。

ここに掲げましたのは蘇東坡《そとうば》の「湖上に飲す 初め晴れ 後雨ふる」。

飲湖上初晴後雨　蘇軾

水光瀲灎晴偏好　水光 瀲灎《れんえん》として 晴れ偏《ひとえ》に好く
山色空濛雨亦奇　山色 空濛《くうもう》として 雨も亦た奇なり
欲把西湖比西子　西湖を把《と》って西子に比せんと欲すれば
淡粧濃抹総相宜　淡粧《たんしょう》 濃抹《のうまつ》 総《す》べて相い宜《よろ》し

これも有名な詩で、西湖を詠うと必ずこの詩が出てくるくらいです。

水の光はひたひたと、晴れてとてもよい。山の色がぼっとかすんで雨の景色もまたすばらしい、ということで、西湖は晴れの景色も雨の景色もいいと言うのですね。その西湖をば、昔の美人西施に比較するならば、それは「淡粧 濃抹 総べて相い宜し」ということになる。薄化粧、濃い化粧、どちらもよろしいと。

西施という女性が昔、春秋時代の末ごろといいますから、ちょうど孔子様のころなんでありますけれども、紀元前五世紀のころ、この辺にいたんです。この西施の美しさに西湖の美しさを当てはめてみると、雨の景色は薄化粧でしょうな、晴れの景色は濃い化粧でありましょう。このように当意即妙に西湖の美しさをこの地出身の西施になぞらえたところがこの詩のミソであります。

私も何遍も西湖へ行きましたけれども、実にいい湖です。大きさは地図に載るほど大きくない。しかし、小さからず、大きからず、そして、適当なところに島がちょんちょんとありまして、かの蘇東坡もここに堤をこしらえた。これを蘇堤といいます、かつて唐の時代には白楽天もこしらえた。これは白堤といいます。その二つの堤がうまい具合に湖を複雑な景色にしていて、すばらしい湖であります。ああいう湖は日本にはないですね。

中国語の朗読を聞いてください。韻は第一句を踏みませんで、奇《キ》と宜《ギ》です。

塞外の詩

さて、この「漢詩と風土」の章の最後に「塞外《さいがい》」の詩を読んでみましょう。

塞外というのは、現在は中国でありますけれども、当時は中国ではなかった地方、すなわちシルクロード、甘粛省、新疆ウィグル自治区、青海省、雲南省、この辺りをいいます。モンゴル辺りも塞外です。当時は中国ではなかった。唐王朝のころは、しばしば戦争が行われたところです。

勅勒歌　斛律金《こくりつきん》

勅勒川　勅勒《ちょくろく》の川
陰山下　陰山の下《もと》
天似穹廬　天は穹廬《きゅうろ》に似て
籠蓋四野　四野を籠蓋《ろうがい》す
天蒼蒼　天は蒼蒼
野茫茫　野は茫茫
風吹草低見牛羊　風吹き 草低れて 牛羊 見《あら》わる

これは中国の詩にしては形が変わっているでしょう。一説に、この斛律金という人は、中国人ではなく、六世紀に北斉という王朝がありましたが、その北斉の人だと。北斉は鮮卑《せんぴ》族です。その原語で詠ったものを、中国語に訳したものだと言われております。

勅勒地方の川は、

陰山山脈の麓を流れている。
空は穹廬のようである（今も蒙古の人が住む移動式のテント、パオ）。
すっぽりと四方の野原をおおっている。
天は蒼蒼《あおあお》、
野は広々、
風が吹き、さっと草がたれて、そこに牛や羊の放牧の姿が現れる。

いかにも塞外民族の生活がよく出ております。牧畜を主とする民族の生活の様子が表れている。今まで見ました中国の詩とはちょっと違うでしょう。こういう詩も中国に入って、折り折りに中国の詩を豊かにしていったわけです。

岑参とシルクロード

次に岑参《しんじん》の詩です。岑参は杜甫と三つ違い。七一五年生まれ、八世紀の人です。この人は珍しく、今のシルクロードの方へ二度行っています。自分でそこへ二度行っている。唐の詩人でこういうところへ実際に行っている人は少ない。その経験をば詩にして都の人々に紹介したのですね。現代風に言うと従軍詩人であります。

経火山　岑参

火山今始見　火山　今始めて見る
突兀蒲昌東　突兀《とっこつ》たり　蒲昌の東
赤焰焼虜雲　赤焰　虜雲を焼き
炎氛蒸塞空　炎氛《えんぷん》　塞空を蒸す
不知陰陽炭　知らず　陰陽の炭
何独燃此中　何ぞ独りこの中に燃ゆるや
我来厳冬時　我来たるは厳冬の時なるに
山下多炎風　山下に炎風多し
人馬尽汗流　人馬　尽《ことごと》く汗流る
孰知造化功　孰《たれ》か知らん　造化の功を

こんなわけで、自分しか知らないものだから、いい気なもので、随分誇張しています。

火山　今始めて見る
突兀たり　蒲昌の東

火の山というものを今始めて見たが、ぬっと立っている。そのことを突兀という。蒲昌の東にぬっと立っている。

赤焔　虜雲を焼き
炎氛　塞空を蒸す

赤い炎が夷《えびす》の住む地方の雲を焼くように、めらめらと上がっており、炎の空気が塞外の空を蒸し上げている。

知らず　陰陽の炭
何ぞ独りこの中に燃ゆるや

一体陰陽の炭が、どうしてこの中だけで燃えているのであろうか。

我来たるは厳冬の時なるに
山下に炎風多し

私は真冬に来たのに、この山の下では炎の風がびゅうびゅう吹いている。

人馬　尽く汗流る
孰か知らん　造化の功を

人も馬もここを通ると、みんな汗がだらだら流れる。何とすばらしい天の神様の功績《しわざ》であろうか。

私も実はここへ行ったんです。トルファンです。トルファンへ行ってみると、山肌が浸蝕で掘れていて、そこに夕陽でも当たろうものなら真っ赤に見えます。これを火山といったんです。日本の有珠山のような火山ではないんです。噴火する山ではない。赤く見えるんです。真冬に汗がだらだらとは、これはいかにも誇張で、しかし、こういうことを詠うと、都の人がへえっとびっくりするでしょう。都の人をびっくりさせようという歌なんです。その意味で岑参の詩を見るときには、眉に唾つけながら見なきゃいけない。

以上、山、原、北と南の川、そして湖、最後に塞外と、ひととおり中国の風土の様子を詩で見てみました。

第四章

漢詩と社会

風刺と中国文学

社会といっても何でも社会にかかわるわけですから、今回選びましたものは、風刺と年中行事に絡んだものということで、そういう観点からいくつかの詩を見ていきましょう。

風刺というものは、中国の文学では大きな柱になっております。つまり、中国文学のジャンルの中で風刺文学というのは大きな分野を占めている。ところが日本はどうかというと、風刺文学はあまり活発じゃないですね。明治になりまして、与謝野晶子が「君死にたもうことなかれ」という有名な歌を作った。これは弟が戦争に行くことについて、彼女が風刺をしたわけでしょう。あれは大変有名な話でありますが、ほかに思い当たる風刺文学はあまりないでしょう。その折々に例えば江戸の末期にいわゆる落首というもの、和歌の形をした風刺のものが出た。また戦争中にもあったようでありますが、戦争中の風刺文学というのは圧殺されていたせいだか知らないが、戦後になって出てきたでしょう。戦争中に風刺文学を堂々と名乗った人はいなかったんじゃないですか。そんなことをしたら命がないということもあったでしょうけれども。

しかし中国では、風刺という文学は古くからずっとあって、今回最初に御紹介するのは『詩経』です。『詩経』は実に古いもので、紀元前十二世紀から紀元前六世紀という古い時代にもう既にこの歌が詠われて、しかも詩集として残った。紀元前十二世紀から紀元前六世紀でありますから六百年間、長い間に詠い継がれたものの中で今残っているものが三百五あります。題名だけ残っているのが六編ありますから、これを入れると三百十一になりますが、おおまかに三百篇。

この三百というおおよその数は、『論語』の中で既に孔子が「詩三百」と言っています。孔子は今から二千五百年前の人でありますす。ちょうど『詩経』の詩がまとまったちょっと後に生まれた人です。そのころもう既に「詩三百」と言っている。今、勘定してみると三百五編ありますから、まるごと二千五百年、残っているということになりますね。

この、世界でもまれに見る古い詩集の中に、既に風刺というのは大きな分野として詠われている。そもそも『詩経』の「詩」というものは、伝説によりますと、王朝が各地に役人を派遣してその国の詩を採取する。これを採詩官というのですが、採詩官が詩を採集してくる。なぜそんなことをするかというと、その詩によって政治を見ようということです。「歌は世につれ」というように、例えば非常に苦しい生活をしている人たちの歌はどうしても苦しい歌が多い、あるいは恨み節が多いわけです。逆に豊かなところだと明るい、太平を謳歌するような歌が多い。どこでもそうですね。時代でもそうでしょう。暗い時代には暗い歌がはやる、明るい時代には明るい歌がはやる。「歌は世につれ」ですから、歌を見ることによって政治を見ようということで集められたという伝説があります。

今残っている三百五編を見ますといろんな歌がありまして、明るい歌もありますよ。娘の結婚を寿《ことほ》ぐ歌とか、そういう歌もありますが、どちらかというと大体恨み節が多いです。やはり庶民は時の権力に対して何らかの不満を持っていて、そういうものが自然に出てくるということは多いのでしょうね。こういう歌の流れがずっと続いていくんですね。これが民謡として明らかな形になって詠われる場合もあるし、また、権力に押しつぶされて底流になって流れることもある。しかし、そういうこともあるけれども概して言うならば、中国文学の中で風刺文学は大きな流れとなってずっと行われている。

時の皇帝に対しても、それとわからないように言ってはいるけれども、だれでもわかるというやり方で詠っている。例えば有名な話が、白楽天の長恨歌。白楽天の長恨歌は大変有名な歌ですが、この人は西暦でいうと八世紀から九世紀の唐の半ばごろの人。長い恨みの歌で、一番最初は何と書いてあるかというと、「漢皇 色を重んじて 傾国を思う」という言葉でしょう。

「漢の皇帝は色好みで」ときた、そして「美人のことばかり思っていたよ」と、こういうのが長恨歌の出だしでしょう。よくも言ったと思いますよね。皇帝に対して色好みと言っている。「漢皇」と言っているのは、多少遠慮したわけですよ。唐の時代に唐の皇帝のことを直接言ったらちょっと差し障りがあるから、時代を漢にとって「漢の皇帝は」と言っている。けれども、その後すぐに「楊家に娘あり」といって「楊」という名前が出てきますから、楊貴妃であることはすぐわかっちゃうわけですね。ですから、最初は一見わからないように詠っているつもりだけれどもみんなわかっていることなんです。だから直接風刺しているのと同じことですよ。

白楽天からいうと、風刺されている皇帝は五十年ほど前の人ですけれども、現にその人の子孫が皇帝をやっているわけでしょう。それにもかかわらず「漢の皇帝＝唐の玄宗」は色好み、とやったのですから、日本だったらこれはもう不敬罪でふんじばられちゃうかもしれないです。ところが、こういうことをちゃんと許容するという土壌がもう『詩経』の時代からあるんですね。培われているわけですね。ですから、その時の皇帝をこういう形でずばずば言うことはあるんですね。

ただし、人間のことですから言われた方はおもしろくないですよ。おもしろくないから、何かあったらつかまえてやろうと思っているんです。そして白楽天の場合は、それから間もなくちょっとしたことをとがめられて左遷されちゃった。これもあまりずばずばものを言ったものだから、やっぱりにらまれていたのです。

そういうことはあるけれども、中国では建前としては何を言ってもいいんですよ。大きな太鼓が役所の門の上に置いてある。不満のある人民は「もの申す!」とその太鼓をたたく。「諫《かん》鼓《こ》」と言います。これをどんどんと打ち鳴らして何を言ってもいいということになっているんです。しかし大体歴代、この諫鼓は埃がたまっているものらしい。それをたたいてもよいといっても、たたくと役人がにらむでしょう。だからたたかない方が利口だという知恵が働く。結局せっかくあっても埃がたまっているということですね。

「本音と建前」という話がありますが、建前の方では何を言ってもいい。その精神でそういう文学を作ってもいいわけですね。そういう点が日本と大きに違うところであります。

『詩経』魏風・陟岵

さて、最初は「陟岵」という詩です。「チョッコ」と読みます。『詩経』の中に十五の国ぶりが詠われていて、「十五国風」といいますが、これは魏というところの国ぶりで「魏風」といいます。魏というのはどの辺かといいますと、オルドスで東に向かっていた黄河が九十度曲がって南下し、ずっと流れてくるでしょう。その河が自然の国境になっていて、西側のほうが今は陝西省、昔は秦という国です。東側のところが問題の魏の国です。今は山西省といっている。この山西省の東側に太行山脈というのがあって、その西側だから山西省というんですね。

前に述べたように、このあたりは乾燥地帯です。しかも乾燥に対しての防備が少ない。今は潅漑や何かで水を引っぱってきますから、農業には困らないようになっていますけれども、昔はもうお手上げだ。だから暮らしは苦しいということで、魏風というのはおおむね苦しい歌が多いですね。

この「陟岵」という詩はどういう詩かというと、生活も楽でないような土地でも、どんどん若者が兵役などに引っぱられていくわけですね。そのかりだされた若者の恨み節であります。

陟岵　無名氏

陟彼岵兮　彼の岵《こ》に陟《のぼ》りて
瞻望父兮　父を瞻望《せんぼう》す
父曰嗟予子　父は曰《い》わん　嗟《ああ》予《わ》が子よ
行役夙夜無已　行役しては夙夜《しゅくや》已むこと無からん
上慎旃哉　上《ねが》わくは旃《これ》を慎めや
猶来無止　猶《な》お来たれ　止まること無かれと
陟彼屺兮　彼の屺《き》に陟りて
瞻望母兮　母を瞻望す

母曰嗟予季
行役夙夜無寐
上慎旃哉
猶来無棄

母は曰わん　嗟予が季《き》よ
行役しては夙夜寐《い》ぬること無からん
上わくは旃を慎めや
猶お来たれ　棄つること無かれと

陟彼岡兮
瞻望兄兮
兄曰嗟予弟
行役夙夜必偕
上慎旃哉
猶来無死

彼の岡に陟りて
兄を瞻望す
兄は曰わん　嗟予が弟よ
行役しては夙夜必ず偕《とも》にせよ
上わくは旃を慎めや
猶お来たれ　死すること無かれと

こんなふうに読みますが、私が読みまして、皆さんすぐにお気づきになったことがあると思う。それは、この詩は大きく三つに分かれていますが、どれもほとんど意味が同じ。お父さん、お母さん、兄さんと、人物は変わっているけれど中身はほとんど同じなんですね。単純な繰り返し。これは『詩経』の特色の一つです。

何を詠っているか。出征兵士である息子が山に登って見る。お父さんの方をのぞみ見ると、お父さんはこう言っているだろうな、ああ私の息子よ、行役して、つまり仕事に出かけていって、朝に夜にその仕事をやむことがないだろうね。「夙夜」の「夙」は朝という意味です。いつもいつも仕事しているんだろうね。どうぞ願わくはその仕事を慎んで慎重にやりなさい。そして無事に帰ってきておくれ。

猶お来たれ　止まること無かれ

そこにいつまでもとどまっていないで帰ってきておくれという。

母の方はどうかというと、母をのぞみ見ると、母の方も、ああわが末の息子よと言っている。「季」は末の息子。末の息子よ、仕事に行って朝に夜に、寝ないで頑張っているんだろうね、どうぞ慎んでやっておくれ、そしていつまでもそこにいないで帰っておいで。

兄の方はどうかというと、ああ私の弟よ、仕事に行って、いつも朝に夜に必ず仲間と一緒に仕事をやりなさい、どうぞ慎重にやりなさい、死なないで帰ってきなさい。

こういうことでありますから同じことを言っているわけでしょう。ただ、父の場合には「岵」という山に登る。母の場合には「屺」という山に登る。兄の場合には「岡」という山に登る。こういうことで山が少し違うけれども、これはみんな同じことです。

結局言いたいことは何かというと、仕事に出かけていった息子よ、つらいだろうけれど体を大事にして、いつまでもそこで仕事をしないで帰ってきてほしい、そう思っているだろうなといって、本人が想像しているわけですから、つまり本人の願望なわけです。本人は岡に登って、お父さんはそう言っているんじゃないかな、お母さんはそう言っているんじゃないかな、兄さんはそう言っているんじゃないかなと想像している。ここに切ない願望が表れているわけですね。

こういう切ない願望を穏やかに詠うことは、権力に対してかえって痛烈な風刺になっているわけですよ。早く帰りたいのに帰れないでしょう。帰れないからこういうふうに詠っているんです、やんわりと。

そのように、『詩経』の歌というものはやんわり風刺する。これを孔子が評価したんですね。『詩経』の一番最初に「関雎《かんしょ》」という歌があるのです。

関関たる雎鳩《しょきゅう》は　河の洲に在り

「関関」は鳴き声、「雎」はミサゴという鳥です。ミサゴが鳴くことから詠い起こして、君子（立派な男）と淑女（美しい娘）が恋をし、結婚して仲良く楽しむことを詠います。これに対して孔子は何と言ったかというと、「関雎は楽しみて淫せず」、楽しんでいるが、しかし楽しみ過ぎてでたらめにならない。「哀しみて傷まず」、哀しんでも傷むことはない。つまり、楽しみとか哀しみとかということを直接的にあらわさないでやんわりやっている。楽しんでも節度を心得て楽しむ。また、悲しんでも傷つくように悲しむのではない。

風刺をするにもそう。例えばプラカードを立てて、何とか反対、何とか反対というのは下手な風刺なんですよ。そうではなく、やんわり言う方が実は風刺はきくんですね。大体、風刺という言葉はそうでしょう。風刺は「あてこすり」という意味ですから、ずばずば物を言ったら風刺になりません。あてこすることによって、じわじわと相手に対して利かせる、というのがこの風刺の精神ですね。

これを中国語で聞いてみましょう。『詩経』は元来、四字のリズムが多いんですが、これは三字のがちょっと入っています。

岵《コ》と父《フ》が韻を踏んでいるんですね。それから、子《シ》、已《イ》、一つ飛んで、とどまるの止《シ》。一つ区切りを章《しょう》といいますが、一つの章で二回韻を変えている。第二章を見ると、屺《キ》と母《ボ》、季《キ》と寐《ビ》と棄《キ》、第三章を見ると、岡《コウ》と兄《ケイ》、弟《テイ》と偕《カイ》と死《シ》、現代の中国音では合いませんけれども、『詩経』の時代の音では合っていたんですね。古い時代の音は今と違いますから、これは韻をちゃんと踏んでいる。中国の詩は古い時代からこのように決まったところに韻を踏むんですね。句の末に踏みますから「脚韻」と呼びます。韻を踏むことを「押韻」と言います。

風刺の伝統

さて、以上のような『詩経』の精神がずっと流れていきます。何しろ中国は歴史が長いですから、『詩経』の時代は周、そして周の王朝の中でも孔子の時代は春秋時代といいましたね。『春秋』というのは魯《ろ》という国の歴史書の名前なんです。魯の隠公元年（前七二二）から哀公十四年（前四八一）までを「春秋時代」といいます。春秋が終わると戦国時代です。そして戦国時代の大名に有力なのが七つありました。これは戦国の七雄といいますが、これから抜け出してきた秦が天下を統一しましたね（前二二一年）。秦の始皇帝が死んでしまうと秦はすぐに滅ぶ。十五年で滅びてしまった。その次は漢です。

この漢のころになると民謡がまた盛んになりまして、周の時代は伝説でしたけれども、今度は本当に採詩官を派遣して、詩を採集させるわけです。漢の武帝のときです。音楽の役所をこしらえました。この音楽の役所のことを「楽府《がふ》」といいます。こんなふうに『詩経』の伝統は漢代になってまた生きてきまして、そこで集められた民謡が今日も残っている。これが「楽府詩」というものです。いろいろなものがありますよ。恋愛の歌もあります。恋愛の場合は昔は大体女性の方が割が悪かった。だから大体が女が棄てられる。男に対して早く帰ってこない、などという恨みを詠ったものが多いですね。

それからもう一つ、人間にとって最も普遍的なものは、何とか元気でいつまでも長生きしたいという願望。しかしながら、やはり人間の命は短い、人生は無常なものだ、と詠う。こういう嘆きとか、人間のだれしもが感じるような感情を素朴に詠う詩がいっぱい漢の時代にできました。

これがずっと流れてきまして、六朝時代は貴族の時代ですから、こういうものは底流になっていましたが、また唐の時代になったときに出てきた。その唐の時代になって風刺の詩の口火を切ったのはだれかというと、それは杜甫です。

唐に入りますと、『詩経』や漢の時代の民謡の伝統がまた出てきまして、そして杜甫があらわれました。杜甫で有名な作品は、例えば「兵車行」というのがあるでしょう。その冒頭は、

車轔轔《りんりん》、馬蕭蕭

というのですが、どういう歌かというと、要するに戦争がいつまでたっても終わらない。そのために兵士の死骸が西の方の青海——ココノールという湖がありますけれども——そのあたりでごろごろしている。こういう生臭い詩です。

信知生男悪　信《まこと》に知る男を生むは悪《あ》しく
反是生女好　反《かえ》って是《こ》れ女を生むは好《よ》きを

男の子を産むよりも、むしろ女の子を産む方がよいというのですよ。普通は男の子を産む方

を喜んだんですね。跡継ぎになるでしょう。女の子は嫁にいっちゃう。女の子を産むと、瓦が生まれたと言い、男の子を産むと玉が生まれたと言った。古く『詩経』に見えます。男尊女卑の世界でしたから、男の子が生まれる方がよいという考え方がずっとあったのに、こう戦争が多くては、男の子はせっかく産んでもみんな戦争にとられて死んじゃうじゃないか。それくらいなら女の子を産む方がよいと。

生女猶得嫁比隣　　女を生まば猶お比隣に嫁するを得るも
生男埋没随百草　　男を生まば埋没して百草に随う

女の子は隣近所に嫁にやれるが、男の子は死んで亡骸《むくろ》にペンペン草が生えると。まだ長安の都ではみんな浮かれているときに、杜甫はもう既にこういう歌を作っているんですよ。やっぱり大したものですな。そのとおりになって、とうとう安禄山の乱が起こって世の中はめちゃくちゃになった。

その精神を継いだのが白楽天、本名は白居易であります。

どのぐらい時代が違うかというと、杜甫が死んで二年後に生まれた。杜甫が死んだのが西暦七七〇年、白楽天が生まれたのが七七二年です。杜甫は五十九で死にましたから、ちょうどおじいさんと孫ぐらいの年代差になりますね。

ちょうどそのころになりますと杜甫のような――杜甫は時代を先駆けて詠ったのですけれども――そういう歌がだんだんと盛んになってきまして、たくさん風刺の歌が詠われるようになりました。その第一人者が白楽天というわけです。

白楽天の名作「売炭翁」

今回は白楽天の「売炭翁」という詩を見ようと思います。これも大変有名な詩でございますから、御存じの方も多いと思います。

売炭翁　白居易

売炭翁
伐薪焼炭南山中
満面塵灰煙火色
両鬢蒼蒼十指黒
売炭得銭何所営
身上衣裳口中食
可憐身上衣正単
心憂炭賤願天寒

売炭翁
薪を伐り炭を焼く　南山の中《うち》
満面の塵灰　煙火の色
両鬢蒼蒼として　十指黒し
炭を売りて銭を得る　何の営む所ぞ
身上の衣裳　口中の食
憐れむべし　身上　衣正に単なるを
心に炭の賤《やす》きを憂え　天の寒からんことを願う

夜来城外一尺雪　　夜来 城外 一尺の雪
暁駕炭車輾氷轍　　暁に炭車に駕して 氷轍を輾《ひ》く
牛困人飢日已高　　牛は困《つか》れ人は飢え 日已に高し
市南門外泥中歇　　市の南門外 泥中に歇《やす》む
翩翩両騎来是誰　　翩翩たる両騎 来たるは是れ誰《た》ぞ
黄衣使者白衫児　　黄衣の使者と白衫《はくさん》の児
手把文書口称勅　　手に文書を把《と》り 口に勅《ちょく》と称し
廻車叱牛牽向北　　車を廻らし牛を叱して牽きて北に向かわしむ
一車炭重千余斤　　一車の炭の重さ 千余斤
宮使駆将惜不得　　宮使駆り将《も》ちて 惜しみ得ず
半匹紅綃一丈綾　　半匹の紅綃《こうしょう》 一丈の綾
繫向牛頭充炭直　　牛頭に繫《か》けて 炭の直《あたい》に充《あ》つ

最初に「宮市に苦しむなり」という副題がついている。これは、白楽天の当時、「宮市」という制度があったんです。簡単に言いますと、宮廷の中に市場をこしらえるんです。その市場の品物の調達は民間からやらずぶったくりで調達してくる。そういう制度があったんですね。宮中の人の楽しみのために、ぶったくられた庶民はたまったものじゃない。そういう恨みを代弁して作ったのであります。

　この当時、白楽天はどういう立場にいたかといいますと、この人は三十五歳のときに最も難しい試験に及第して、エリートコースを歩みます。その当時の官僚の試験というのは、何段階もあるのですが、まず二十九歳のときに、受けてだれも難しいという進士の試験に合格する。普通はこれでもって大体もうよし。進士の試験に及第すれば大体よしとする。しかし、彼はそれで満足せず、さらに上級試験を受けてそれにも及第した。大抵はそこでもう満足するが、彼はさらに上を目指し、最後に一番難しい試験を受けた。そのときの合格者はわずかに四人。彼は二番で合格したというわけで、三十五歳のときにはもう最高の試験を及第して怖いものなし。因みに一番は白楽天の生涯の友、元稹《げんじん》です。エリート中のエリートでありますから、抜擢されて政府の枢要なところにつけられた。

　だものだから、彼は政治改革の熱意に燃えていろいろなことを考えた。このような詩を作るのもその一つです。こういう詩を五十首作りました。いろいろ風刺の詩を作りました。例えば塩商人がぼろもうけをしていた。当時、塩は専売だったんです。人間の生活に塩はなくてはならない。ところが塩を専売にすると、生産者から買い上げてお上に納める、仲買の商人がぼろもうけをしたんです。というのは、悪い塩をお上に納めて、いい塩はヤミで売るんです。というわけで、この連中は栄耀栄華、大きな屋形船をこしらえて、そこに住んでいる。なぜそんなことをするかというと、船ですからどこへでも自由に行かれるでしょう。土地に縛られないから税金を取られないんです。農民は土地に縛られていますから、嫌でもそこで税金を取られますけれども、屋形船の中に住んで、税金を取られそうになったらよそに行く。そういうわけで大きな船を家にして、そして税金逃れをして、ぼろもうけをしているという塩商人を痛烈な表現で風刺している詩があります。「塩商婦」という塩商人の妻を詠った詩です。彼女はおいしいものを食べて贅沢三昧、もうパチンパチンに太っていて、腕輪かなんかがきつきつになっている。それで召使いをあごで使っている、というようなことが憎々しげに書いてある。

かと思うと、こういうおもしろいのもある。十六歳で宮中に上がった宮女が飼い殺しになっちゃっていて、今は六十歳。「入るとき十六、今六十」と書いてある。ごろ合わせになっているんですが、十六歳で宮中に上がったとき、ちょうどそのときは玄宗皇帝の末期で楊貴妃様がおられた。楊貴妃様は三十八歳で亡くなったんですよ。殺されたときは三十八歳だった。さすがに楊貴妃も三十過ぎると容色の衰えを自覚したんでしょうか、新しい美人が来ると危ない。玄宗皇帝にもし気に入られたりすると自分のことがおろそかになっちゃう、というので飛ばしたんですよ。都の長安だけでなくて、洛陽にも宮殿がありますから、この子はどうも危ない、というのはさっとはねて洛陽の宮殿に追いやった。

この女性も本当に美しい少女だったばかりに、そのようにして十六歳のとき、洛陽に追いやられちゃう。そのままずっと飼い殺しになって今は六十歳だ。かわいそうに、一歩も外に出たことがないものだからまだ十六歳のファッションをしているんです。「上陽の白髪人」という詩です。白楽天はそういう、まことにかわいそうな女性のことをよく見ていますね。白楽天は女性を書かせたら天下一品ですな。「塩商婦」もそうですけれども、この宮女の話もいい。いわゆる社会の矛盾を鋭くついたものもありますし、いろいろあります。徴兵忌避のために自分のひじを折ったおじいさんのお話もありますね。これも有名でしょう、「新豊の折臂翁《せっぴおう》」といいます。

「売炭翁」の内容

さて、話をもどしますが、この「売炭翁」はどういうことを詠っているか。

売炭翁
薪を伐り炭を焼く　南山の中

都・長安の南に終南山という山がございます。炭売りのじいさんがそこでもって薪を伐って、それを炭に焼く。

満面の塵灰　煙火の色
両鬢蒼蒼として　十指黒し

そうすると顔やら皮膚やらに煤の色がいっぱいつくわけです。煙火は煤です。手も真っ黒、顔も真っ黒。両方の鬢《びん》の毛は黒々として、十本の指も真っ黒だ。おじいさんですから本当は白髪なんですけれども、煤がついていますから鬢の毛が黒くなっているので「蒼蒼」と言ったんですね。「蒼蒼」はどす黒いということ。

炭を売りて銭を得る　何の営む所ぞ
身上の衣裳　口中の食

炭を売って銭を手に入れる、どういうような暮らしをしているか。身につける着物、口に入れる食べ物をどうにかまかなっている。

憐れむべし　身上　衣正に単なるを
心に炭の賤きを憂え　天の寒からんことを願う

ああかわいそうに、身にはまだ単物《ひとえもの》を来ている。「単」は一重のきもの。本人は単物を着ていて寒いんだけれども、暖かくなったら炭の値段が安くなる。ここですよね、安くなったら困るので、心の中では寒くなれ寒くなれと言っているんです。自分はぶるぶる、ふるえているんですよ、単物ですから。自分の身の上が寒いのに、さらに寒くなれ寒くなれと願っている。ここのところが実に泣けますね。

夜来　城外　一尺の雪
暁に炭車に駕して　氷轍を輾く

昨夜から長安城の外には雪が一尺も降り積もった。やあ、やれやれ寒くなったぞ。朝早く炭車を牛に引っ張らせて、そして氷轍を引く。氷の轍を引くというのは、氷の上を車輪がごろんごろんと転がっていくことです。山からずっと下りていきます。

牛は困れ人は飢え　日已に高し
市の南門外　泥中に歇む

そうすると、牛がもう疲れ、都に着くころにはじいさんもおなかがすいて、太陽も高く上った。長安城の市場の南の門外でやれやれと、そこでとりあえず休んだ。もう日が高く上っておりますから雪もかなり融けて、泥になっている。その泥んこの中で休んでいると、

翩翩たる両騎　来たるは是れ誰ぞ
黄衣の使者と白衫の児

ひらひらと二頭の騎馬武者がやってきた。一体誰が来たんだ。黄色い着物を着た使者と白い上着を着た若者、この「児」というのはその使者のおつきです。

手に文書を把り　口に勅と称し

車を廻らし牛を叱して牽きて北に向かはしむ

それが、何やら手に書き付けを持っておる。そして口には天子様の御命令と言っている。これは勅語の勅です。そして天子様の命令だからそむけないぞと言って、炭売りじいさんが今引っ張ってきた、いっぱい炭を乗っけているその車をくるっと方向を変えて、牛をしっしっと叱って、そのまま北へ持っていっちゃう。この「北」は宮城の方です。宮城の方へ持っていってしまう。

一車の炭の重さ　千余斤

宮使駆り将ちて　惜しみ得ず

この炭車の炭の重さは千余斤もあるのだ。宮殿のお使いがそれをしっしっと追いやるように持っていってしまって、惜しむこともできない。あっあっという間にたちまち持っていってしまった。

半匹の紅綃　一丈の綾

牛頭に繫けて　炭の直に充つ

それで、千余斤もある炭の代わりにお礼にくれたものは、何と半匹の赤い絹と一丈の綾絹だけだ。これは炭の代金だと言って、牛の頭にかけてくれただけ、という意味であります。

風刺家・白楽天のその後

これを見ますと、炭売りじいさんが一生懸命作った炭はさっと巻き上げられてしまった。ほとんどやらずぶったくりに近い。お礼にくれたものはもう何の役にも立たないような半端な切れだけだと、こういうことです。

このように描いて、これは一つの例である、宮殿の中で市場を作っておられるけれども、それは庶民をこのように困らせているのだよ、ということを白楽天が代弁して言っているんです。政府の高級官僚として彼は歩み始めているころでありますが、こういう詩を作って庶民の代弁をしている。

実にリアルにその様子が書けていると思います。活写していると思いますね。それで、こういうのを五十も作って結局どうなったかというと、彼も些細なことから足を引っ張られちゃった。これはおもしろい事件があったんですよ。

ちょうど彼が宮中でエリートの位置にあった時、総理大臣が暗殺されたんです。今風にいうとケネディ事件があったわけです。総理大臣は朝早く出かけます。普通の官僚も早いんですけれども、それよりもっと早く出かける。だから、まだ真っ暗なときに車に乗るために灯をつけるでしょう。その灯をつけたのが目印になっちゃったんですね。どこからか闇に紛れて弓がピュッと射られて、それが当たった。それでもって総理大臣は即死しちゃったんです。しかし、相手は闇の中を逃げてしまった。結局犯人はつかまらない。

それで宮中は上を下への大騒ぎになったのでありますが、そのときに白楽天は、職権を越えて早く犯人をつかまえろということを上申したんです。これは余計なことなんですね。彼がついているのはそんな役職じゃない。太子左賛善大夫といって、皇太子の秘書官のような役職。犯人をつかまえるのは、今風にいえば警視庁の仕事。その警視庁に関係した仕事をしてもいないくせに、早く犯人をつかまえろなんて言ったものだから、こいつ生意気だ、越権行為だといって足を引っぱられて、彼はたちまち左遷されちゃったんです。

それは、元はといえばこのような諷刺の詩をたくさん作っておりましたから、もうにらまれていたんですね。事あれかしとにらまれていたのに、彼もいい気になってそういうことをやっちゃった。それで失敗した。

人間というものは、建前は何を言ってもいいということになっていても、ずばずば言われた方はこんちきしょうということになりますから。例えば、白楽天にこういうのもあります。ある大臣が七十歳になってもまだやめない。当時は「七十致仕」といって、七十歳でやめる慣行になっていた。よぼよぼしながらやっていて、まことにみっともないという詩を作った。「不致仕」という詩です。そう言われた大臣はこんちきしょうと思うでしょう。ついでながら、この大臣は杜佑《とゆう》といい、あの杜牧のおじいさんです。それで、杜牧は白楽天には悪感情を抱いていたという説があります。

そういうわけで、何かしくじったらやってやろうと思われていた。そこへこういう越権行為が起こったものですから、白楽天はとうとう流されちゃったんです。これが四十四歳のとき。三十五歳から四十四歳までは彼が一番得意満面でもって順風満帆の役人生活をしていた。ところが四十四歳のときに足を引っ張られた。

そこで、彼はどこへ飛ばされたかというと廬山へ行ったんです。「香炉峰の雪は簾を撥《かか》げて看る」というのはそのときに作った。だから、流されたとはいっても風光明媚のいいところに流されたんですね。そこで彼は人生観がすっかり変わったらしい。

人間というのはおもしろいもので、あれほど政府やなんかの批判をして風刺の詩を作っていたのに、ぱたっと作らなくなっちゃった。そして、極端にいうと花鳥風月の世界に遊ぶというふうに人生観が変わってしまった。日本の王朝の貴族たちはそうなってからの作品の方が好きなので、白楽天、白楽天といってもてはやすわけですけれども、本当は彼は若いときの作品の方が力が入っていたんですよね。
　なお、白楽天は七十五歳までも生きましたから、これからまだ長い人生があったんですけれども、四十四歳までの人生とそれから後の人生というのは大きな線が引かれる。これは若いときの意気に燃えているときの作品です。もう一回さっと訳してみましょう。

　炭売りのじいさん、薪を伐って南山の中で炭を焼く。顔じゅうに塵や灰、そして煤の色。両の鬢は白髪なのに真っ黒になって、十本の指も黒々している。炭を売って銭を得て、何をするか。それは体に着物を着、口に食べ物を食べるためなのだ。しかしながらかわいそうに、着物は何を着ているかというと、冬なのにまだ単物を着ている。単物を着てふるえているのに、心の中で炭が安くなることを心配して、天が寒くなれ寒くなれと願っている。ちょうど昨夜のこと、まちの外では雪が一尺も積もった。やれ寒くなった、炭の売り時だ。そこで張り切って、朝早く炭車に牛をつけて引っ張って、氷の道をきしませていく。牛も疲れ、人も腹が空き、もう日も高くなった。市場の南の門の外で泥んこの中で休んでいると、ひらひらっと二頭の騎馬武者がやってきた。やってきたのは一体だれだ。黄色い着物を着た使者と称する者と、白い上着を着たそのおつきだ。手に何やら文書を持って、口には皇帝陛下の命令と称している。たちまち車の向きを変えさせて牛を引っ張って北の宮殿の方へ向かっていった。この車の炭の重さは千余斤もあるが、この宮殿のお使いはそれを持っていってしまって、惜しむこともできない。そのお礼としては半匹の紅い絹と一丈の綾絹だけだ。それを牛の頭にかけて炭の値に充てたのだ。

こういう詩でございます。

韻を見ると、翁《オウ》と中《チュウ》。そして変わりまして、色のショク、黒のコク。一つ飛んで食のショク。また変わりまして、単のタン、寒のカン、また変わりまして、雪のセツ、轍のテツ、歇のケツ。また変わりまして、誰のスイ、児のジ。また変わりまして、勅《チョク》、北《ホク》、得《トク》、直《チョク》。中国語での朗読を聞いてみてください。

杜甫の社会批判

さて、今度は杜甫になりますが、何に対して風刺しているかというと社会に対してです。これは短い詩です。

貧交行　杜甫

翻手作雲覆手雨　手を翻《ひるがえ》せば雲と作り　手を覆《くつがえ》せば雨となる
紛紛軽薄何須数　紛紛たる軽薄　何ぞ数うるを須《もち》いん
君不見管鮑貧時交　君見ずや　管鮑《かんぽう》貧時の交わりを

此道今人棄如土　　此の道　今人《こんじん》棄つること土のごとし

形は四句ですけれども、これは古詩ですね。第三句は字あまりになっている。

手を翻せば雲と作り　手を覆せば雨となる

紛紛たる軽薄　何ぞ数うるを須いん

手をくるっくるっとやると雲となったり雨となったりする。これは何が言いたいか。軽薄な様子。このように、まことに紛々とした軽薄な様子、数える必要もないぐらいだ。数えるまでもないぐらいだ、たくさんあるという意味です。世の中には、くるっくるっと変わるような軽薄さはたくさんある。

君見ずや　管鮑貧時の交わりを

此の道　今人棄つること土のごとし

君、見てごらんよ。見ませんか、管と鮑の貧しい時の交わりを。この道を今の人は棄てて土のようではないかと。

ここで引き合いに出されている管・鮑というのは、実は春秋時代の人でありまして、紀元前七世紀の人です。随分古い人ですね。孔子より百年以上も前の人。

このころ、今の山東半島に斉という国があった。その斉という国に桓公という殿様がいまして、その殿様に仕えたのが管仲と鮑叔です。この二人は大変仲がよかった。そのような仲のよい交わり。見てごらんよ、今はこの道を土のように棄てているじゃないか。こういう意味であります。

『史記』などに書いてありますことを見ますと、管仲と鮑叔は貧しいときに大変仲がよくて、そして、管仲はいろいろ失敗するけれども、鮑叔は全部それを認めてやるんですね。例えば商売をする。もうけを全部管仲がとってしまう。でも、鮑叔は少しも怒らない。なぜかというと、管仲の方が貧乏なのだからとって当たり前だと。戦争に三回行って、三回負けて逃げてきた。普通なら臆病者という。ところが臆病じゃない、管仲には老いた母がいる、死ねないんだ、だから恥をしのんで帰ってきたんだと。このように何があってもみんな鮑叔は認める。そして、鮑叔の仲立ちがあって斉の桓公に仕えることができた。もともとは斉の桓公のライバル方の王子についていたんです。それを鮑叔がとりなして斉の桓公に仕えさせたんですね。

そこで管仲は何と言ったかというと、「私を生んだのは父や母だ、しかし本当に私のことを知ってくれているのは鮑叔だ」と。お互いに相手を認めあっている。殊に貧しいときにはそういう麗しい友情というのはありがたいものですね。普通だったら、臆病者とか、けちとか、欲張りということで仲が壊れるものでしょう。それを全て理解して友情は変らなかった。

そのような交わりを、「此の道 今人棄つること土のごとし」、今の人は土くれのように棄てているではないかと言って嘆いておりますが、杜甫もよほど悔しいことがあったんでしょうね。杜甫は三十四歳のときに都へ出てきまして、試験を受けても落第し、就職を頼みに行っても断られ、十年間もう悪戦苦闘したんですよ。十年たってようやく就職に成功したその年に、皮肉にも安禄山の乱が起こっちゃったんです。

そういうわけで、その都の長安で十年間、悪戦苦闘しているときの作品と思います。いろいろ嫌な目に遭ったんでありましょう。そこで、だれと言ってるのじゃない、そこもやんわりと、「紛紛たる軽薄 何ぞ数うるを須いん」と言っている。そういうことで社会に対する痛烈な風刺になっております。

中国語の朗読を聞かれるとおわかりのように、ユィー（雨）、シュー（数）、トゥー（土）と韻を踏んでいます。

秦韜玉の社会風刺

次に秦韜玉《しんとうぎょく》の七言律詩「貧女」という作品を読んでみましょう。

貧女　秦韜玉

蓬門未識綺羅香　　蓬門　未だ識らず綺羅の香

擬託良媒益自傷　良媒に擬託しては益ます自ら傷む
誰愛風流高格調　誰か愛す 風流の高格調
共憐時世倹梳粧　共に憐れむ 時世の倹《けん》梳粧《そしょう》
敢将十指誇偏巧　敢て十指を将《も》って偏巧を誇り
不把双眉闘画長　双眉を把《と》って画くこと長きを闘わさず
苦恨年年圧金線　苦《はなは》だ恨む 年年金線を圧し
為他人作嫁衣裳　他人の為に嫁衣裳を作るを

秦韜玉という人は大分後輩でありまして、杜甫の後に白楽天、白楽天のさらに後の人で、もう九世紀も終わりごろに試験に通った人です。唐は九〇七年に滅びますが、この人は八八二年に試験に及第している。もう唐も末ごろになります。

蓬門 未だ識らず綺羅の香
良媒に擬託しては益ます自ら傷む

「蓬門」というのは貧乏人の門です。そういう貧乏な家に育っているから綺羅の香を知らない。美しい綾絹などそういうよい匂いの着物を知らない。そして、よき仲人に自分の身の上を託そうとして、いよいよ傷むというのは結局、仲人が相手にしてくれない、という意味です。

昔の仲人は商売ですから、お金をもらうわけで、貧乏人は相手にしない。

誰か愛す 風流の高格調

共に憐れむ 時世の倹梳妝

誰が愛するか、この風流の高い格調の娘。この娘は、貧乏はしているけれども格調は正しい。まことにかわいそう。この御時世に粗末なお化粧をしている。倹は倹約の「倹」。普通の娘がするようなお化粧もできないで、倹約のお化粧をしている。

敢て十指を将って偏巧を誇り

双眉を把って画くこと長きを闘わさず

この娘は手仕事が上手で、十本の指をもってその巧みさを誇っているが、二つの眉を念入りに描くことはしない。すなわち、この娘は手仕事が上手で本当に見上げたものを持っているのですけれど、お化粧の方はあまりしない。

苦だ恨む 年年金線を圧し

他人の為に嫁衣裳を作るを

これですね。さっきの「売炭翁」で炭売りのおじいさんが、自分は単物を着ているのにもっと寒くなれ、もっと寒くなれと言ったというのがあったでしょう。ちょっと似てますよ。毎年毎年、金の糸を押しつけて縫い取りをしている。ところが、まことに悲しいことに自分の嫁入り衣裳を作っているのではないのです。よその金持ちのお嬢さんのために嫁入り衣裳を作っている、といっているわけで、先ほどの「売炭翁」と一脈通うところがあります。

これは時の権力に対する風刺というのじゃないでしょうけれども、社会に対する風刺になっていますね。あたら美しい娘が貧乏なばかりに、そして仕事も上手なのに、ほうっておかれる。いい縁談がない、こういう意味です。

この詩は、香《コウ》、傷《ショウ》、妝《ショウ》、長《チョウ》、裳《ショウ》と韻を踏んでおります。

老境を詠う杜甫

さて、ふたたび杜甫の詩を見ますが、これは九月九日の日に作ったものなんです。社会の年中行事にはいろいろありますが、この九月九日は、今やらなくなりましたけれども、昔は重《ちょう》陽《よう》といいまして重要なお節句だったんです。

九日藍田崔氏荘　杜甫

老去悲秋強自寛　老い去りて　悲秋　強いて自ら寛《ゆる》うす

興来今日尽君歓　　興来たりて 今日 君が歓を尽くす
羞将短髪還吹帽　　羞ずらくは 短髪を将《も》って還《ま》た帽を吹かるるを
笑倩傍人為正冠　　笑って傍人に倩《たの》んで為に冠を正さしむ
藍水遠従千澗落　　藍水 遠く千澗《せんかん》より落ち
玉山高並両峰寒　　玉山高く両峰を並べて寒し
明年此会知誰健　　明年 此の会 知んぬ誰か健なるを
酔把茱萸仔細看　　酔うて茱萸《しゅゆ》を把って仔細に看る

ある年の九月九日の重陽の節句の日に、藍田県、これは都の東の近くの郊外です。崔という家の別荘で作った。

年をとって悲しい秋にあった。で、自分みずからゆるくしている、つまり寛いでいる。無理に寛いでいる。なお、このとき杜甫の年は四十七歳です。四十七歳というと、その当時ではもう相当老年ですよ。老い去ってといっても不思議はない。

今日、興がわいてあなたのおもてなしを受けました。崔さんの家へ来て、今こうやっておもてなしを受けています。

羞ずらくは　短髪を将って還た帽を吹かるるを

今自分はもう年をとって髪が短くなった。そこへ風が吹いて帽子が飛ばされるのがみっともない。それで笑って傍らの人に頼んで冠を正しくしてもらう。

見ると、藍田山の水がずっと向こうの方から流れ落ちてきている。玉山という山が見えるが、二つの峯が高々とそびえて寒々しい。

陰暦ですから、九月九日はもう晩秋ですよ、かなり寒い。

ああ、来年のこの会にだれが健やかでいるだろうか、わからないなあ。酔っぱらった勢いで、この九月九日の日に茱萸、これはぐみのようなもので赤い実がなる。赤い実のなる茱萸を手に持って仔細に見た。しげしげと見た。

茱萸、これは邪気払いの働きがあるんですね。邪気払いに茱萸を頭にさしたりする。それを今手にとってしげしげと見た。来年、だれが健やかにこのようにまた宴会にはべることができるだろうか。


これは自分のことを言っています。もう自分は相当年をとって、体も健康を害している。来年は果たして健康でこの日が迎えられるかな。こういうようなつもりでもって詠っておりますが、ここで私の新説をちょっと御紹介しましょう。

それは、最後の「酔把茱萸仔細看」の言い方。意味は今言ったとおり、赤いぐみの実のようなものを手にとってしげしげと見る。この「しげしげ見る」の「仔細看」というのは、これは杜甫以前にはあまり用例がないのでありますが、私はふと気がついた。
石川啄木のあの有名な歌、

働けど働けど　なお我が暮らし楽にならざり　じっと手を見る

これですよ。啄木があの歌を作ったときに、杜甫のこの詩がヒントになっているんじゃないかなと私は気がついたんです。これを専門家に聞いたら、そんなことを言った人は一人もいないというので、私の発見らしい。

「働けど働けど……」という歌、実はこの前後の啄木の日記を見ると、杜甫の詩を読んでいるんです。なけなしのお金で『唐詩選』を買っている。あの貧乏暮らしの石川啄木が、印税が入ったらすぐ神田の本屋へ行って『唐詩選』を買った。そしてその前後に、「白楽天はたいしたことない」、「杜甫がいい」と書いてあるんです。二十六歳で死んだ若者ですけれども、さすがに詩の鑑賞眼はなかなか大したものですね。

この「酔把茱萸仔細看」をもとに、巧みに「じっと手を見る」という句を作った、というのが私の新しい説なんです。

この詩を中国語で読んでみましょう。寛《カン》、歓《カン》、冠《カン》、寒《カン》、看《カン》と韻を踏んでいます。

第五章

漢詩と紀行

南船北馬ということ

「漢詩と紀行」ということですが、「紀」は記《しる》す、「行」は旅の意味で、旅を記す、つまり「旅の文学」というのが紀行であります。

前にも触れましたが、「南船北馬」という言葉があります。南は船で旅行し、北は馬で旅行する。これはすなわち、中国の旅行の仕方であります。先だって東京で学会がありまして、「南船北馬」ということを研究した人の発表がありましたが、実は、この「南船北馬」は日本の言葉らしい。和製漢語らしい。知らなかったですね。中国のことをいう言葉ですから、てっきり中国の言葉かと思ったら、そうではない。「南は船で行き、北は馬で行く」ということ自体は中国の古典に書いてあるのですが、「南船北馬」とピシャッと言った言い方は中国の文献には出ていないですね。どうも日本人が作った言葉のようです。そういう点では、日本人は中国からいろいろ教わっているうちに、そういう独特の表現ができたのですね、四字でピシャッと言ってしまう。

「南は船で行き、北は馬で行く」、つまり中国の北の方は、川はありますけれども、船で行くには適さない。例えば黄河という川が流れていますが、これはしょっちゅう枯れています。今も随分枯れていますし、また水の流れが速いし、浅瀬もたくさんあるので船に適さない。南の方は揚子江です。この揚子江は、水の少ないときもあるけれども、大体、豊かに流れています。その揚子江に注ぐ支流も大きな川がたくさんあります。湖南省を流れる湘江とか、湖北省を流れる漢水とか、大きな川がありますので、船で旅行する。

「早発白帝城」の詩

李白の「早《つと》に白帝城を発す」、これは有名な詩です。李白は今から千三百年前の人、この詩は今に至るまでたいへん人口に膾炙《かいしゃ》しています。私は近ごろこれに新しい発見をしたのです。千三百年来、人が言わなかったことを言ったのであります。

早発白帝城　李白

朝辞白帝彩雲間　朝《あした》に辞す　白帝彩雲の間

千里江陵一日還
両岸猿声啼不住
軽舟已過万重山

千里の江陵　一日《いちにち》にして還る
両岸の猿声　啼《な》いて住《や》まざるに
軽舟已《すで》に過ぐ万重の山

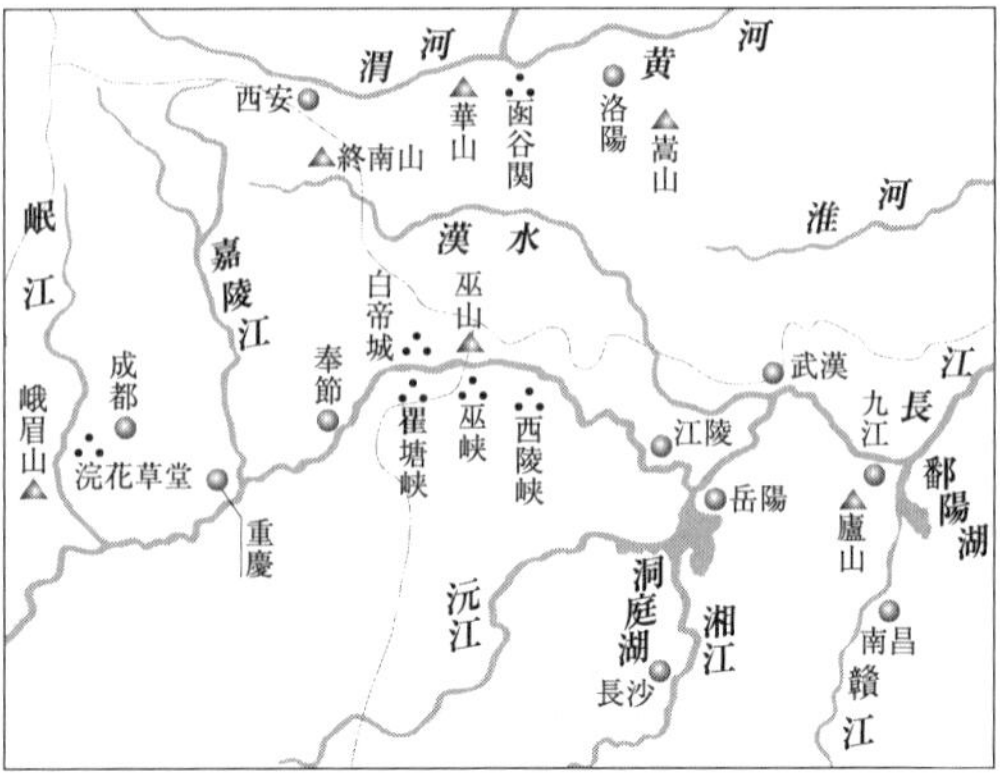

白帝城付近の長江

これは李白が故郷の今の四川省、昔、蜀といったあそこからずっと出てまいりまして、白帝城のところまで行きまして、そこからさらに川を下って中国の中心部に乗り出そうとするときの作品であります。これにつきまして、「いや、そうではないよ。晩年の作品だよ」という説もあるのですが、ちょっとそれは置いておきます。

今から四、五年前に長江下りのテレビをやったのをごらんになったかしら。あのときに、白帝城へ行ったでしょう。揚子江が流れています。武漢からずっとさかのぼると洞庭湖のあるところ、さらに西にさかのぼって白帝城があります。李白の故郷はもっと上流の成都の奥ですから、成都からずっと舟で下って、そして白帝城に来て、そこからずっと中国の中心部に乗り出していく。武漢に流れ入る漢水という川があって、都の長安はそれを西北へさかのぼっていきます。今の都の北京はさらに東北の方角、上海は東南になります。

さて白帝城は長江の中流にありますが、山が両岸たたなわっていて、いわゆる峡谷です。昼間も暗いです。私は、あそこを何回も通りましたけれども、実にすごいところです。奥の方から水がドーッと押し出してきますから、とても速い。あれは落差があるのではないのです、押し出す力で速いのです。今度あそこにダムを作るのですが、ダムを作ると貯まった水が何と重慶までのぼります。その距離、六百キロ。六百キロのダム湖ができるのです。要するに、落差がないから、水が遠くの方まで行ってしまう。重慶の船着場は海抜百五十メートルしかないのです。重慶から海までの距離が三千キロくらいあるわけですから、本当に落差がない。それを三斗坪《さんとへい》という、西陵峡を出たあたりで仕切って、百八十メートルの堰堤を作る。そうすると、六百キロ向こうまで水が行くのです。そういうことで今ダムの工事をやっています。

話を李白に戻しますが、李白がこの白帝城を通ったのは、一説では二十五歳の時です。西暦七〇一年に生まれていますから、昔は数え年ですので、七二五年に二十五歳になっているわけです。この七二五年のころはどういう世の中だったかというと、玄宗が皇帝として上にいた。玄宗はまだ若かった。歴史でも前半は大変良い政治をしたということで知られています。こういう世の中が上昇気流にあるときに李白は育ちまして、青雲の志を抱いて、この三峡を下っていこうというのですね。

上流から下って白帝城に行きますと、ここから先の三峡は非常に流れが速いので、サーッと行ってしまう。これより奥の人はここまで来るとちょっと休むのです。そして、船に水や食料を補給したりしてちょっと休んで、そこからサーッと行くわけです。ですから、ここは揚子江の旅の重要な中継点になっている。ここは観光の名所で、おいでになった方が多いと思いますが、今のうちに行かないとダムになってしまいます。白帝城は島になってしまうというのです。中国のやることを外国人の我々があれこれ言うことはないけれども、あの景色がなくなってしまうのはまことに残念。今はまだ李白の見たときから変わらない景色があるわけですから、まだ見ていない人は急いだほうがいい。

「朝早く、白帝城に彩雲がかかっている中を別れを告げて、千里の江陵まで一日で帰っていく」。

江陵というのは荆州、つまり今の湖北省ですから近いように見えますが、川は真っ直ぐ流れていませんから、実際には一日では行かれないのです。それをあえて「一日で帰る」と言ったのは、ここの流れが非常に速いということを強調しているのです。ここでは「千里の江陵」と言っているけれども、実際には千二百里ある。中国の一里は約五百メートル足らずですから、千二百里はつまり六百キロくらい。今のエンジン付きの船に乗っても一日では行かないでしょう。

こういうようなことは誇張というほどではない。よく「中国人は誇張が大好きだ」といって、ことに李白の場合、「白髪三千丈」というのがあるでしょう。いくら何でも白髪が三千丈も長いことはないけれども、それをあえて「白髪三千丈」と言った。あの詩の場合は、彼の晩年で五十代半ばごろの作品なのですが、「あーあ、俺も年を取ったな」という驚き、悲しみをちょっとおどけてみせて、「白髪三千丈」という言葉で表現しているのです。一丈、三メートルですから、三千丈といったら九千メートルです。「俺の髪の毛、九千メートル」と言ってだれも本気にするわけはない。言いたいことは「それほどに長い髪の毛がもう白くなってしまった」という驚きですね。

そういう誇張法は文学にはつきものでありますが、ここでは千里の向こうの江陵までたった一日で帰っていく、それほど速いのだと。

「彩雲」と「猿声」の問題

問題は、最初の句にある「白帝彩雲の間」という言葉であります。これは「白帝城に朝焼け雲がかかっている」という意味です。ちょうど白帝城から下っていきますと、方向は東へ行くでしょう。だから、行く手に日が昇って朝焼けがあるわけです。この「朝焼け」というのが何気ないのでありますけれども、実は意味があるのです。昔、このあたりに楚の国があり、この白帝城からちょっと先に巫《ふ》山の山がありまして、巫山の神女と楚の王様が恋愛しました。そして後朝《きぬぎぬ》の別れのときに神女が「わちきはこれから朝焼けの雲となってあらわれましょう。夕暮れの雨となってあらわれましょう」と言ってかき消えたのであります。ですから、朝焼け雲が白帝城から出発しようとするときに赤く見えた、これは巫山の神女が「おいで、おいで」をしているという意味を持っているのです。ここのところを見逃したらだめです。ちょっと注意いたします。

「朝早く、白帝城に朝焼け雲がたなびいて、巫山の神女がおいで、おいでをしている。さあ、行こう。千里の江陵まで一日で行くのだ」

このように、前半の二句を見ると、浮き浮きして勇み立つような気分が詠われております。ところが、第三句を見ますと、

両岸の猿声　啼いて住まざるに

とあります。ここで、猿が出てきた。この次は、この「猿」が問題だ。この「猿」は日本の上野公園のエテ公とは違うのであります。キャッキャッといって、愛嬌のある、ああいう猿を想像したら、この詩はぶち壊しなのです。皆様も昔の中国の絵を見たことがありますか。黒い毛をしていて、手足が長い、顔が小さいやつ。猿は猿でも、これは種類が違う。あの猿の啼き声は、まことに悲しい啼き声なので、昔から「断腸の声」というのであります。はらわたが断

ち切れる、それほど悲しい声がする。ですから、中国では詩や文章に出てくる猿というのは、悲しい動物として出てくるのです。例外はありません。

ですから、ここで、キーッというものすごい声で猿が啼くのです。行った方はご存じのとおり、両岸が切り立っているでしょう。「切り立っている両方から、キーッ、キーッと啼く、その鋭い断腸の声が耳について離れない。その中を我が乗る小舟がサーッと幾重も重なる山を通り過ぎていった」というのが、

軽舟已に過ぐ万重の山

の意味であります。

そうしますと、前半の二句で何やら浮き浮きして、巫山の神女が「おいで、おいで」をしている。そういう気分が第三句で、キーッという猿の声によって、ガラリと変わるのです。これは絶句という形でしょう。絶句の場合に、起承転結法というでしょう。ここは転換の句です。なぜ、ここでキーッという悲しい猿の啼き声を李白があえて詠ったか、これが大きな問題です。これを日本人は、猿は愛嬌者だと思うから、「猿もはやし立ててくれている」「門出を送ってくれている」、江戸時代にはそういう解釈をしている学者がいるのです。それは全然違う。上野公園のエテ公と間違えている。猿はいろいろいますから、無理もないのですが、この猿は

英語ではモンキーではなくギボンなのです。

「峨眉山月歌」との関連

さて、今の詩は実は「峨眉山月歌」と関連する作品なのです。峨眉山の作品は、異説がありません。異説がないというのは、二十五歳のときに、国の山奥から出てきたその作品だということに対して異説がないという意味です。先にこっちを見ていきましょう。

峨眉山月歌　李白

峨眉山月半輪秋　峨眉山月半輪の秋
影入平羌江水流　影は平羌江水に入って流る
夜発清渓向三峡　夜清渓を発して三峡に向かう
思君不見下渝州　君を思えども見えず　渝《ゆ》州に下る

この蜀の地方の名山峨眉山に半分の月がかかっている秋の景色。これは半輪と言っていますから、月がちょうど半かけになっているわけです。半かけでもかなり明るいので、あたりがよく見えるのです。大体、中国の詩に月が出ているときは、黙っていれば満月です。しかし、これはわざわざ半輪と言っていますから、これは半分だということがわかる。その月影が平羌江という川の中に入って流れていく。

　　影は平羌江水に入って流る

　この「影」というのは月影、月の光です。平羌江というのは、川の名前です。これは本当は青衣江という名前なのですが、平羌江ともいうのです。それは、昔、三国のころに諸葛孔明が羌族という部族を平らげたということを記念して平羌江といったというのです。なぜ青衣江といわないで平羌江といったか。それは平羌江の「平」の字を効かせようとしたと思います。川面が平らにゆったり流れている。そこに月影が映えるのです。青衣江といったのではこの効果がありません。

　　夜清渓を発して三峡に向かう
　　君を思えども見えず　渝州に下る

　夜、清渓という谷を出発し、三峡に向かう。この三峡というのは、先ほどの白帝城のあたりから三つあるわけです。白帝城のあたりは瞿塘《くとう》峡、瞿塘峡を過ぎると巫山《ふざん》の巫峡、最後は西陵峡、これが三峡です。

　君を思いながら下っていくが、やがて見えなくなった。そして、渝州に下る。渝州というのは現在の重慶です。峨眉山に月がかかっているのを見ながら、揚子江の本流に乗って、ずっと行くと重慶がある。重慶にも大きな川が流れ込んでいる。嘉陵江といいます。ここが一つの宿場になっている。ここでまた支度をして、さらに白帝城まで行くわけです。白帝城でこの三峡を越えると、いよいよ中国の中心に出ていくのです。これは相当な船旅であります。

最後の句につきまして「君を思えども見えず 渝州を下る」と読む人がいるでしょう。「渝州を下る」というとそれは物理的に無理です、渝州はまだまだ先なのですから。「渝州へ、渝州へ」と下るので、「渝州に下る」と読む方が正しいと思います。よく「に」か「を」か質問されますが、私は「渝州に下る」が正しいと思う。

渝州へ、渝州へと下って、渝州からさらに三峡へ行く。遠い、遠い船旅ですから目的地が幾つもあるわけです。最終の目的は中国の中心に乗り出すことです。二十五歳の李白は、青雲の志に燃えて、山国から中国の中心に乗り出して、一旗揚げようと思っているわけです。

「君」とは誰をさすか

そこで、問題の一つは、「君」といっているのは誰か。いろいろ注釈書などに書いてあることは、直接には「月」を指しながら、故郷に残してきた友達のことを考えている、友達の面影を月に託して言っているのだ、というのが普通でしょう。

そうではない、これは女の子。二十五歳の李白は、当然のことながら、国に恋人の二人や三人いたと思います。それと別れてきたのです。はっきり言えば捨ててきた。国の恋人と付きあっていたら青雲の志を果たせません。だから捨ててきたのです。だけれども、その面影がチラチラ出てくるのです。そこで、「君を思えども見えず」といって「さようなら」というつもりなのです。「月」が女性である証拠に、この詩の場合、「峨眉山月半輪の秋」とある。この峨眉山という山はよく誤解するのですけれども、そそり立った山ではないのです。私も峨眉山に行って初めてわかったのですが、なだらかな峰です。三千メートルもあるけれども、中腹から見るとなだらかな、ちょうど女性の眉です。峨眉の「峨」は山偏がついているけれども、虫偏がついているのと同じ発音です。昔、『詩経』で美人の眉のことを「蛾眉」といっています。この蛾は蚕の蛾です。蚕を飼っていると蛾が出てくる、その蛾の触角を、古代の人は女性の眉に見立てたのです。だから、蛾眉といえば女性の眉です。それで、峨眉山でしょう。山偏を書いてあるけれども、発音は同じだし、山の様子が女性の眉ですから、ここに女性が隠してあるのです。しかも、半輪の月でしょう。月が半分というのは、これはまた眉の形なのです。丸ければ鏡になってしまうけれども、半分ですから。

そういうわけで、第一句の「峨眉山月半輪の秋」というところに女性が隠されているのです。だから、最後の「君を思えども見えず　渝州に下る」の「君」は女性だということが言えるのです。ちゃんとそのように伏線を張ってあるわけです。

この作品は、彼が二十五歳の作品であることは明らかです。地理的にいうと、まず「清渓」

というのはどこだかわからないけれども、上流の方ですね。それで峨眉山を通って、そして渝州を通って、白帝城まで来るというわけですから、この「峨眉山月歌」が先にできて、次に先の白帝城の詩ができたということになります。

白帝城の詩はいつ書かれたか

以上のように見ていきますと、この白帝城の詩の第一句が意味を持っていることがわかるでしょう。巫山の神女が朝焼け雲となってあらわれて、李白に「こっちへおいでよ」と。二十五歳の李白は、これから中国の中央に乗り出したらどんな女性がいるかと思って浮き浮きしています。そこへ、キーッと猿が啼いて、残してきた彼女の面影があらわれた。ギューッと後ろ髪を引っ張ったわけです。それを振り払うようにして、「軽舟已に過ぐ万重の山」、さようならというわけで、ここで彼女とすっぱりと別れた、こういう気分が詠われているという、これが私の解釈です。

ところが先ほど言いましたように、この詩は李白晩年の五十九歳の時のものだという説があります。

五十九歳説をとるのはどうしてかというと、簡単にいいますが、五十九歳のときに安禄山の乱が起こって、李白は、ある皇子様に呼ばれて、その参謀のようになった。その皇子というのは玄宗皇帝の子どもなのですが、長男が玄宗皇帝の後を継いで粛宗となった。そのほかの兄弟つまり皇子たちはその手伝いをするということで旗揚げした。ところがこれがだんだん勢力が強くなってきて、兄貴にとってかわろうというふうに思ったらしい。それを兄貴の皇帝が察知して先手を打ち、その皇子様は殺されてしまったのです。ですから、皇子様に呼ばれた李白も捕まってしまった。李白は国家反逆罪ですから、死刑ということになった。しかし、とりなす人がいて、死刑は免れたけれども、彼は奥の方に流されることになって、ずっと船で来て、この白帝城まで来たところで赦免という知らせが来た。やれ、うれしやということで、ここから彼は帰っていった。そのときの作品だという説です。それがちょうど五十九歳です。

だとすると、赦免されてうれしいという詩でしょう。「朝早く白帝城を出発して、うれしいな」、ここまではいい。しかし、この猿の声の始末がつかないじゃないですか。何でここに悲しい猿の声が啼くということを詠わなければならないか。うれしいというのだったら、うれしいことを詠えばいい。それを猿がキーッと啼いて、はらわたが断ち切れるよと言っている。これは五十九歳説では解釈はできないわけです。

五十九歳説の解釈の根拠は何かというと、「一日にして還る」と言っている、これにこだわっているのです。初めて国から出てきたのに「還る」はおかしいではないか。流される途中でここまでやってきて、「一日で還る」、この還るはそういう意味だと。だけれども、この「還る」という字にこだわる必要はない。何故ならこれは韻字ですから。

カン（間）、カン（還）、サン（山）と韻を踏んでいるのです。だから、この「還る」というのは「帰る」という意味に使っているのではなくて、「行く」という意味で使っているのです。これはほかの詩の用例にもあるのです。この字があるから、どうしても国から初めて出てきた作品ではない、というのは考え過ぎだと思います。何といっても五十九歳説で一番困るのは、何で猿の悲しい啼き声を詠ったかということの説明がつかない。この場合だけ、猿は楽しいのだというわけにいかないのです。中国文学では、猿の声は例外なしにどの場面でも悲しいものとして出てくるのです。ですから、ここでは何か悲しいことが起こらなければいけない。赦免されてうれしいのだったら、猿の悲しい声を詠う必要はないわけでしょう。ここは、二十五歳のときに恋人と別れる、悲しい気持ちが兆して、それを振り切っていったというのでなければ解釈はつきません。それは、猿の声がわからなかったために起こった誤解だと思います。

本当は、この猿の声をお聞かせするといいのですけれども、私は神田の古本屋で手に入れたのです。英語の本なのですが、ソノシートがついていまして、それを鳴らしたら猿の声なんです。説明書によると、「三歳半の雌の猿のモーニングコール」と書いてあるのです。だから、猿は気持ちよく啼いているらしいのですが、しかし、キーッ、キーッとすごい声で啼くのです。キャッキャッではない。最初は、犬が吠えているように、オッホッホッと言う。だんだん高潮してきて、ヒューーッ。ちょっと真似ができません。

この「白帝城」の詩と「峨眉山」の詩は李白が二十五歳という若いときに、一方では勇み立つ心、浮き浮きする心、他方ではギュッーと後ろ髪を引く、それをさらに振り切っていくという組み作品ととると一番よくわかる。

李白はその後どうしたか。この男は生涯に四回も結婚した男です。浮気な男でありましよ。よくいえば浪漫的な男でありまして、結婚するときは夢中になって申し込むのではないでしょうか。夢中になって、結婚したはいいけれども、飽きてしまうんでしょうね、捨ててしまうのです。女房と子どもを捨てて、また別なところに行って結婚して、女房と子どもをまた捨てる、四回やった。今だったら重婚罪で捕まってしまうのでしょうけれども、昔はおおらかなものです。李白はそういう詩人です。これは、李白を悪く言っているのではない、そういう浪漫的な詩人です。

封建時代は一夫一婦ではない。一人の男に複数の女性がいた。これは当たり前です。奥さんのほかに妾というと語弊があるけれども、第二夫人、第三夫人、たくさんいた。そういう世の中ですから、何回結婚してもいいわけです。しかし、これからお話ししますけれども、李白の仲良しの杜甫は逆です。この人は一人の女房を守って、家庭円満で、杜甫が死ぬときは女房が看取ったのです。看取ったとは書いていないけれども、そうに決まっています。そういうような杜甫の生き方から比べると、李白は大分違うのです。

「渡荊門送別」の歌

さて、二十五歳の李白は、燃えるような希望を抱いて三峡を下って、次に荊門へまいりました。この次の作品は、その続きの作品であります。

渡荊門送別（荊門を渡りて送別す）　李白

渡遠荊門外　渡《わたし》は遠し　荊門《けいもん》の外
来従楚国遊　来たって楚国の遊《ゆう》に従う
山随平野尽　山は平野に随って尽き
江入大荒流　江は大荒に入って流る
月下飛天鏡　月下りて天鏡飛び
雲生結海楼　雲生じて海楼を結ぶ
仍憐故郷水　仍《な》お憐む　故郷の水
万里送行舟　万里行舟《こうしゅう》を送るを

荊門はどの辺かといいますと、白帝城を過ぎてずっと峡谷を下り、先ほどの「千里の江陵一日にして還る」といった江陵の近くで、荊門山という山があります。

三峡下りをなさった方はご存じですが、あの峡谷を出ると川がファーッと広がります。流れはゆったりと流れて、どんどん川幅が広がって、洞庭湖のあたりまで来ると川の真ん中を舟が通っていて、両側は見えないというすごい川ですね、あの揚子江という川は。後で日本の木曽川の話が出てきますが、日本の川とは大分スケールが違う。揚子江の中流域では、川幅が十キロというところがあります。真ん中を通っても見えないはずです。そのように、この荊門のあたりに来るとゆったりと川が流れる。

渡は遠し　荊門の外
来たって楚国の遊に従う

いよいよ白帝城を過ぎて、三峡を過ぎて、そして荊門の外までやってきた。これからいよいよ楚の国の遊歴が始まるのである。先ほど楚王の話が出ましたが、洞庭湖を中心にしたあたりが昔の楚の国です。奥からやってきて、楚の国の遊びに従う。

山は平野に随って尽き
江は大荒に入って流る

この二句は対句で、同じ構造になっています。「山」と「江」、「随う」と「入る」、「平野」と「大荒」、「尽きる」と「流れる」ということで、ずっと対応した言葉が並んでいるでしょう。

「山は平野に随って尽き」というのは、山がたたなわっていたのが平野になるにつれて、山がなくなってきたというのです。このあたりの地形をよく詠っています。そして、この揚子江の流れは大荒に向かってどんどん流れている。「大荒」は「地の果て」です。峡谷を抜けてくると川幅が広がるでしょう。ワーッと流れて、どこに流れていくのか。この先はずっと地の果てに流れているのだ、こういう気持ちになりますね。この二句は大変すばらしい句でありまして、後で見ますけれども、杜甫が影響を受けています。

月下りて天鏡飛び
雲生じて海楼を結ぶ

月が下って、天の鏡が飛んでいる。これは満月ですからそう言ったのですが、満月が沈んでいく。そして、雲がムクムク湧いて、蜃気楼が浮ぶ。「海楼」は蜃気楼のことです。李白は山国育ちですから、海を見たことがありません。海には蜃気楼が出るということは知っている。だから、これからずっと行く方に蜃気楼が湧くなといって、まだ見ぬ世界を想像しているわけです。

なお蜃気楼の「シン」という字は、「辰」を書いて下が「虫」です。これは大蛤という意味です。中国人は、大蛤がフーッと気を吐くとそれが蜃気楼になるという伝説を信じていたのですね。山国育ちの李白はいろいろなことを想像しながら、今、舟を下っていきます。

仍お憐む　故郷の水
万里行舟を送るを

「憐れむ」というのは「かわいそう」という意味ではない、これは感動の言葉です。「故郷の水が私の乗る旅の舟を送ってくれるのをいとおしむ」、こういうふうに訳しておくといいかもしれないですね。そうしてみますと、これは自分が舟に乗って出かける詩のようですね。題が「送別」になっているでしょう。送別というのは、自分が残って人を送るのですが、どうもそうではないみたい。ですから、これは昔から「送別」ではなくて「留別」だという説があります。「留別」というのは自分が出て、詩を残すのです。内容から見るとそうでしょう。これは送別ではなくて、留別の詩です。自分の舟を故郷の水が送ってくれている、それを「いとおしむ」のです。

韻はユウ（遊）、リュウ（流）、ロウ（楼）、シュウ（舟）。

先ほどの二つは七言絶句、この作品は一句が五字、五言律詩といいます。絶句と律詩ですね。李白は絶句の方が得意で、どちらかというと律詩はそれほど得意ではないといいますけれども、これは初期の傑作といわれているものです。この二つの形式は唐になってできたものです。絶句は四句、律詩は八句です。

天衣無縫の李白

李白はいよいよ舟に乗って中国の中心に乗り出してきました。武漢の辺りから上陸しまして、安陸というところがありますが、そこで最初の結婚をします。そのときの相手が、なんと総理大臣の孫娘です。もっともその総理大臣は李白がちょうど生まれたころに死んでいる人です。その孫娘とどこでどう知り合ったかしらないけれども、結婚した。これは事実です。

これは私の想像になるけれども、どうも李白という人はお父さんが金持ちだった。お父さんはシルクロード沿いの商人だったらしい。それで、息子の李白には十分な教育も授けている。いくら李白が詩の才能があっても、勉強しなかったら詩はできません。だから、彼は若いときには家庭教師についたり何かして、勉強は十分している。そのお金は相当かかったと思う。

お父さんは名前も伝わっておりません。李客《りかく》と呼ばれたのです。「客」というのはお客さんという意味ですから、「よそもの」ということです。資料によって研究いたしますと、どうやら李白のお父さんは今のキルギス共和国あたりにいたらしい。中国の外です。そこで李白は生まれ、五歳のときにお父さんに連れられてこの四川省に来たのです。お父さんの名前は伝わっていない。有名な人でも何でもないのですが、商人でお金があったのでしょう。李白が二十五歳でいよいよ中央に乗り出すという時に、たっぷりお金をくれたのではないでしょうか。それで、お金にものを言わせたのではないかという、これは私の想像です。二十五歳の若い李白が何で総理大臣の孫娘と知り合ったか。

相手は、総理大臣の孫とはいいながら、当時はもう没落していたと思います。李白はほら吹きですから、いい調子でいろいろなことを言ったのではないですかね。「おれは天子の親戚だ」とか。唐の天子も姓は「李」ですからね。李白は、ここで、とにもかくにも総理大臣の孫娘と結婚した。これはステータスです。「総理大臣の孫娘の婿」という名刺をもらったようなものです。世間を渡るパスポートです。

安陸で結婚したけれど、ここに腰を落ち着けたわけではなく、四十二歳までは中国のあちこちを放浪していたらしい。結婚も何回かしております。そしてようやく四十二歳のときに芽が出たのです。先輩が都に呼ばれて、「変わった詩人がおります」といって李白を推薦してくれた。それで、彼は一躍、宮廷詩人になります。

そのときに女房、子どもを捨てていった詩があるのです。これをみると、どうもふだん女房に「うちの宿六、しようがない」とばかにされていたらしいです。それが天子から御召がきたでしょう。「どうだ、俺は天子様からお呼びが来たんだぞ。今ごろ、ペコペコしたってだめだぞ」と言って、啖呵を切っています。

有名な昔の話ですが、朱買臣《しゅばいしん》という人がいた。勉強ばかりしてうだつが上がらない。それで女房の方から三行半を突きつけます。結局、朱買臣はそれから試験に合格して偉くなって、故郷に錦を飾って帰ってくるのです。そのときに昔の女房が「復縁してください」と言ったら、お盆に水を入れてパッと翻して、「どうだ、水が戻るか」。「覆水盆に返らず」の故事です。

この詩ではそのことを詠み込んでいます。「俺のことをばかにしたけれども、朱買臣の女房のようにほえづらかくな」と得意満面です。それから、彼は意気揚々として宮仕えをしたのでありますけれども、足かけ三年で追放された。

李白は自分のやりたいことをやった。だから、鼻摘《つま》みになったのではないでしょうか。

普通は、ああいうちょっと風変わりの詩人は、呼ばれて三月くらいしたら、「私はもう山へ帰りとうございます」と言うのです。そうすると、天子が「そう言わないで、しばらくいなさい」と引きとめます。それも振り切るのです。「いや、どうしても山に帰りとうございます」「まあ、そう言わないでいなさい」「いやいや、帰りたい」と三回やる。そして三回目に、「それほど帰りたいなら、お帰り」といって、たっぷりとプレゼントをもらって帰る。そうすると、この人は宮廷生活を意にも介せず、それを振り捨てていった偉い人という大きな看板がつく。そして、天子様からたっぷりとプレゼントをもらっているから、大きな箔が付くわけです。これがルールだったのです。ところが、李白は宮廷が気持ちがいいものだから、「帰る」と言わなかった。だんだん邪魔者にされて、「おまえ、帰れ」と身も蓋もないことになって、追放になってしまった。その追放されたときの詩も残っていますが、「俺はとらわれの籠の鸚鵡だ」と自分のことを悲しんでいる詩があります。

こういうことをいろいろ総合して考えますと、李白という男は天衣無縫の天真爛漫な男です。ほらも吹くけれども、憎めない男です。この李白と杜甫がどこでどうして知り合ったか。これがおもしろいですね。

李白と杜甫

次は、杜甫についてですが、李白と杜甫は年が十一歳違います。杜甫が十一歳若いのです。この十一歳という年齢の違いは非常に意味を持っていると思います。親子ほどは違わない、しかし兄弟としてはちょっと離れている。親子ほど違えば、どうしても対等という付き合いはしにくい。また、年が近過ぎると対抗意識が生ずるものです。ですから、この二人の関係で、年齢は微妙な意味を持っている。

四十二歳で宮中に出て、足かけ三年で追放されて、四十四歳の李白が都・長安から洛陽へ来たのです。唐の時代には、東の都が洛陽、西の都が長安です。その洛陽で三十三歳の杜甫と知り合ったのです。これがまた不思議なことで、杜甫は李白と違いまして、由緒正しい家柄です。この人は漢代まで遡ることができる古い家の出身であります。おじいさんの杜審言《としんげん》は則天武后朝の宮廷詩人として並ぶ者のない存在だったのです。

ところが、前にもお話しした通り、この人は才能はあったけれども、人物は良くなかったらしい（一六頁参照）。則天武后の男妾の取り巻きの一人というレッテルが貼られていた評判の悪い男です。杜甫はその孫なのです。だから、杜甫が世に出られなかったのは、おじいさんの影響があると思う。おじいさんは立派な人だったけれども、その汚点があったので、彼が世の中に出ようとしても、「あいつは杜審言の孫だよ」と後ろ指をさされたのではないか。

三十三にもなっていながら、まだ書生です。結婚もしていない。そして、四十四歳の李白が都から来たときに、どこかの貴族の館で宴会が催された。李白は何といっても元宮廷詩人の李白大先生ですから、もう引っ張りだこです。杜甫の方は末席にいた。それをめざとく見つけた李白が「おーい、そこにいるのは杜審言先生の孫の杜甫君だろう」と言った。これは、私の想像です。「こっちに来いよ、酒を飲もう」といって、李白の方から胸襟を開いて杜甫を呼んだと思うのです。そうでもなければ、年も下だし、地位も下だし、杜甫の方から李白へ近づけません。それで、おずおずと李白のそばにいって、酒を飲んでいるうちに、杜甫も酒が嫌いではないから、とうとう最後は無礼講になってしまった。

李白の方が構えていて、年の若い者が近づけないようなたちだったら、この交友は成り立たなかったと思う。ところが、李白という人間は、ほかの詩や何かでも想像されるように若者好きなのです。自分より年の下の者に対して胸襟を開く、そういうたちの人です。だから、杜甫が自分と同じ宮廷詩人の先輩の杜審言先生の孫だとわかったときに、「こっちに来いよ」といって呼んだと思うのです。一方、杜甫の方は年長者と付き合いたい性質《たち》。杜甫の詩に「親しむところは皆老傖《ろうそう》（年より）」と、若いころの自分をふり返った句があるほどです。

李白と杜甫はうまくいくわけです。そこで、二人の親交が始まったのであります。ここから二人は意気投合して一緒に旅をした。杜甫は李白と放浪の旅の途中、「痛飲狂歌空しく日を度《わた》る、飛揚跋扈《ばっこ》誰《た》が為にか雄なる（しこたま酒を飲み、狂ったように歌をうたい、ただ空しく日を過ごす。こんなに雄々しく暴れまわっているのは、いったい誰のため）」と、甘えるように李白をからかった詩を作っています。

そして二人は翌年別れ、それから二度と会うことはなかったのですが、杜甫はこの李白の影響を強く受けた。李白の強烈な個性にすっかり魅せられ、その作品を彼は吸収しました。それからの杜甫は会えなかったけれども李白のことを思いくらしています。

では、李白はどうしたかというと、杜甫と別れた後、一つだけ詩を作っていますが、後はケロッと忘れたらしくて、杜甫の杜の字も詩に出てきません。杜甫の方は、いじらしいほど「李白さん、李白さん」という詩を作っているのに、ね。この辺がおもしろいところです。

杜甫晩年の心象風景

話をずっと飛ばしまして、この「旅夜の書懐」という詩は、ずっと後で杜甫が五十四歳のときに作ったものです。十一違う李白はもう死んでおりました。

旅夜書懐　杜甫

細草微風岸
危檣独夜舟
星垂平野闊
月湧大江流
名豈文章著
官応老病休
飄飄何所似
天地一沙鷗

細草微風の岸
危檣《きしょう》独夜の舟
星垂れて平野闊《ひろ》く
月湧いて大江流る
名は豈《あ》に文章もて著《あら》われんや
官は応《まさ》に老病にて休《や》むべし
飄飄《ひょうひょう》何の似たる所ぞ
天地の一沙鷗《さおう》

これも律詩です。杜甫は律詩が得意です。四十八歳の年末に家族を連れて、都から西南へ放浪のすえ、蜀の成都へ行って、草堂を構えて暮らしていましたが、結局、また懐かしい故郷へ帰りたい、洛陽へ帰りたいということで、家族を連れて船に乗って、昔、李白が通った道を杜甫も通った。これが五十四歳のときの杜甫です。李白が二十五歳のときに通った同じ道を彼も船で通った。李白が二十五歳のとき、杜甫は十四歳だったでしょう。今、五十四歳ですから、ちょうど四十年前です。四十年前に李白が通った同じ川の旅をしているわけです。

夜になって、妻も子どもも寝静まった。杜甫だけが起きている。舟から見ると、岸辺には細かい草が生えている。微かな風に揺れている。そして、我が乗る舟の高いマスト、危檣の「危」は「高い」という意味です。そのマストをずっと見上げると空が見える、頭の上には満天の星。この星を「星輝いて」とか「星が照らして」と言ったのでは平凡です。「星が垂れる」といったところがいい。それはどういうことかというと、杜甫が高いマストを見て、上を向いているのです。そうすると、上から星の光が垂れているわけです。ですから、この「垂れる」という字によって、作者が上を仰いでいることがよくわかる。これが「輝く」とか「照らす」では迫力《インパクト》が違う。

星が光を投げかけて、ずっと下に目がいって、「平野、闊し」といったのです。星の下には平野が広々と広がって、そしてその平野の向こうに月が昇ってきました。そうすると、月が光を投げかけ、川が流れている。ですから、このあたりはずっと動きが自然です。岸辺の草を見る、そよ風に揺れている、そして自分の舟の方に目がいって、ずっと高いマストを見る。ずっと上を見ると、星がまたたいて、垂れている。下へ目がいくと、平野が広がっている。平野の向こうから月が出てきた。月の光が川に写って流れている。

どうですか。自然でしょう。いい詩ってこういうものです。そこで、

星垂れて平野闊く

月湧いて大江流る

この二句は先ほどの李白の荊門のあの詩、「山は平野に随って尽き、江は大荒に入って流る」に似ているでしょう。これは、杜甫が李白の詩を意識して作ったのです。杜甫にはこのように李白の詩の句があちこちで顔を出します。影響しています。

後で見る杜甫の「絶句」の最後の句、

何れの日か　是れ帰年ならん

この句は大変有名な句でありますが、これは実は李白の句をそっくりとってきたのです。李白の詩の句です。いかに杜甫芸術の中に李白が強く影響しているかということがよくわかる。先の詩に戻りますと、前半の四句で夜の景色を描いている。そして後半では、感慨を述べている。「名誉名声というものは、どうして文章などであらわれるものであろうか」。反語ですから、文章などであらわれない。この「文章」という言葉は広い意味で、今でいえば「文学」に当たる。「文学などであらわれるものか。私は詩人としてはちょっと聞こえた存在になっている。しかし、それが何だ。一方、官職によって世の中の役に立ちたいと思うけれども、その官職も老いと病のために終わりになった」。五十四歳という年は、この当時はもう老人です。しかも病気でしょう、これから先、宮仕えをして出世するなんていうことはもう絶望です。

飄飄何の似たる所ぞ
天地の一沙鷗

このさすらいの我が身は一体何に似ているかというと、天地の間をさすらう一羽のスナガモメだよといった。このスナガモメという言葉にあまり人は注意しませんが、この沙《すな》という字が重要な意味を持っている。それは、カモメはカモメでも、高い空を飛翔するカモメではないのです。「その辺の砂浜を這いずり回るようなカモメなんだ、この俺は」といって自嘲しております。

それで最後まで見た後、もう一回前を見ますと、

細草微風の岸

という景色がいかにも意味深長です。実際に詠じているのは草のことですが、「細草微風の岸」といったときに心細い心理が出てくるでしょう。

危檣独夜の舟

といったときに、孤独な感じが出てくるでしょう。「細い」とか「微」とか「危うい」という字や「独」とかいう字は心理の描写になっていることがわかります。こういうのを心象風景

というのです。そして、次に大きい情景を描きます。

星垂れて平野闊く
月湧いて大江流る

景色を大きく描いたのはどういうことかというと、その中に小さな自分がいるのです。逆に言うと、自分の小ささを際立たせるために景色を大きくしているわけです。その大きな景色の中に、ちっぽけな自分がいるのです。

余談になりますが、私、何回かこの詩の舞台である忠県（四川省）を通りましたけれども、平野のへの字もないところです。川も狭いです。それを杜甫はあえてこういうふうに詠ったのです。これは詩人が実景を詠っているのではない、詩の風景を詠っているのです。〝詩の真実〟なのです。これを見て、「何だ、杜甫、嘘つき」といったら、詩を鑑賞する資格なし。ここを通った人はみんなびっくりしますよ、平野が全然ないところです。しかし、杜甫の心には平野が見えるのであります。月も大江に湧くのであります。

杜甫、望郷の詩

次の「絶句」は、先ほどの詩よりちょっと前に作ったものです。五十二歳、まだ成都にいるころです。

絶句　杜甫

江碧鳥逾白　江碧《みどり》にして 鳥 逾《いよいよ》 白く
山青花欲然　山青くして 花然《も》えんと欲す
今春看又過　今春 看《みすみす》 又過ぐ
何日是帰年　何れの日か 是れ帰年《きねん》ならん

「川は緑に澄みわたり、鳥はいよいよ白く見える。山は青々として、花がカッと燃えるように真っ赤だ。ことしの春もみすみす過ぎていく。いつの日になったら帰る年が来るのであろうか」と。この最後の句は先ほど言いましたとおり、李白の詩をそっくり持ってきた。「帰りたいな」という気持ちが非常に痛烈に出ておりますが、ここでご注意いたしますのは、前半の二句で水の「碧」、山の「青」、鳥の「白」、花の「真っ赤」、このように原色の非常に強烈な色を配しております。これは大変美しい。

そこで魏の王粲《おうさん》の「登楼賦」を見てください。この人は杜甫の五百年先輩です。

雖信美而非吾土兮　信《まこと》に美なりと雖《いえど》も吾が土に非ず
曾何足以少留　曾《すなわ》ち何ぞ以て少《しばら》く留まるに足らん

王粲は、北の長安から逃げて荆州まで来まして、南の景色を見ると美しい。「しかし、これは俺の土地ではない」と言った。杜甫も王粲のこの詩を踏まえて、わざとカッと明るく美しく描いている。そして「美しいけれども、これは故郷ではない」と言っている。だから、この二句をそのようにとらなければだめです。この詩はよく高校の教科書に取り上げているけれども、そこをちゃんと強調していなければいけません。

陸游、旅愁を詠う

次に、陸游についてお話ししましょう。これはずっと後輩です。李白と杜甫は八世紀の人、陸游は十二世紀の人であります。四百年の後輩です。

剣門道中遇微雨（剣門道中微雨に遇う）　陸游

衣上征塵雑酒痕　衣上の征塵　酒痕《しゅこん》を雑《まじ》え
遠遊無処不消魂　遠遊処《ところ》として消魂せざるは無し
此身合是詩人未　此の身合《まさ》に是れ詩人なるべきや未《いま》だしや
細雨騎驢入剣門　細雨驢《ろ》に騎《の》って剣門に入《い》る

この陸游という詩人は宋の第一人者です。唐の次が宋、北宋と南宋があります。北宋の都は今の開封、南宋は今の杭州、陸游はその南宋の第一人者でありまして、四十八歳のときの作品です。

「着物の上の旅のちりに酒のあとが混じっている」。これは旅をしながら酒を飲んで、うさを晴らしているということです。当時、中国の北半分は金《きん》という異民族の王朝が支配していました。陸游はちょうどその国境のあたりを視察しに来たのです。北の領土をこの目で見て、彼の心は昂ぶります。つい、ガーッと酒をあおっては、着物に酒がこぼれてしみになる。そこに旅の塵がまざる、ということです。

「遠くへ旅をして、どこへ行っても気が滅入ってしまう。この身はまさに詩人であるべきなのであろうか、そうではないのではないだろうか。シトシトと雨が降る中をロバに乗って剣門山に入っていく」という意味でありますが、陸游も詩人として名が上がっておりますけれども、本当は杜甫と同様に官僚として出世して、世の中の役に立ちたいと思い暮らしていたのです。ところが、四十八歳にもなって、まだ田舎の方に出張を命じられて来ているわけです。それで、「この身は本当は詩人なのだろうか、どうかな」と言っている。ちょうど、それは杜甫が「名は文章にてあらわれんや」と言ったのと同じことなのです。

この詩のミソのもう一つは、「剣門」という、これは山の名前なのですが、「剣門」の「剣」という字がよく効いているのです。昔、唐の鄭綮《ていけい》は、ロバに乗って灞《は》橋を渡ると詩が浮かんだという。今、陸游は「俺は詩人なのだろうか」といって剣門山へ入っていく。そのあたりがこの詩人の複雑な心境なのです。この人は徹底抗戦ということを叫んだのです。失った北の領土を奪い返そうというのが彼の主張なのです。そのために彼は政府に嫌われて、出世できなかったのです。時の政府は弱腰で、貢物を奉って北と仲良くしようという。陸游の正義感は、その屈辱にたえられない。で、つい興奮するのです。わずか四句の短い詩ですが、万感の思いがこもっている詩であります。

頼山陽の紀行詩

「漢詩と紀行」という、この章の最後に頼山陽の旅の詩を二つ見てみましょう。

舟発大垣赴桑名（舟大垣を発し桑名に赴く）　頼山陽

蘇水遙遙入海流　蘇水遙遙として海に入って流る
櫓声雁語帯郷愁　櫓声雁語　郷愁を帯ぶ
独在天涯年欲暮　独り天涯に在って　年暮れんと欲す
一篷風雪下濃州　一篷《いっぽう》の風雪　濃州を下る

濃州は美濃、すなわち岐阜県、蘇水は木曽川のことです。

蘇水遙遙として　海に入って流る

櫓声雁語　郷愁を帯ぶ

このあたりは大きな川の様子ですが、中国の川に比べると日本の川は小川みたいなものですけどね。このとき頼山陽は三十四歳。大垣から伊勢の桑名に行こうと木曽川をずっと下っていった。

独り天涯に在って　年暮れんと欲す
一篷の風雪　濃州を下る

これは秋も終わりのころでありますから、「年暮れんと欲す」といった。篷というのはトマ、小さな舟を意味します。風が吹き、雪が降って、その中を小さな舟で濃州を下っていく。これは、日本の旅の詩でありますけれども、中国の詩の中に入れても全然違和感がない。スケールの大きい、いい詩ですね。なお、このときの頼山陽はお父さんともまだ仲が悪かったころで、複雑な心境だったらしくて、天涯孤独という気持ちがあったから、第三句に「独り天涯に在って　年暮れんと欲す」と言っているのです。

それに引き換え、この次の詩の方は五十歳の作品です。もうお父さんは亡くなって十三回忌、お母さんを広島まで迎えにいき、京都へ連れていって、お母さんが帰るときに一緒に尾道まで来たのです。昔は人を送るのに、殊に目上の人を送るのに相当遠くまで送るのがならわしです。京都から広島へ帰るお母さんを尾道まで送ったのです。尾道でいよいよ別れて、彼は引き返したのですが、そのときに作った詩です。

送母路上短歌（母を送る路上にて短歌す）　頼山陽

東風迎母来　　東風　母を迎えて来たり
北風送母還　　北風　母を送って還る
来時芳菲路　　来たる時芳菲《ほうひ》の路
忽為霜雪寒　　忽《たちま》ち霜雪の寒と為る
聞雞即裹足　　雞《にわとり》を聞いて即ち足を裹《つつ》み
侍輿足槃跚　　輿《こし》に侍して足槃跚《ばんさん》たり
不言児足疲　　児の足の疲るるを言わず
唯計母輿安　　唯だ母の輿の安きを計るのみ
献母一杯児亦飲　　母に一杯を献じ　児も亦た飲む
初陽満店霜已乾　　初陽店に満ちて　霜已《すで》に乾く
五十児有七十母　　五十の児　七十の母有り
此福人間得応難　　この福　人間《じんかん》得ること応《まさ》に難《かた》かるべし
南去北来人如織　　南去北来　人織るが如きも

誰人如我児母歓　　誰人《たれびと》か我が児母《じぼ》の歓びの如くなる

東風 母を迎えて来たり、北風 母を送って還る
来たる時芳菲の路、忽ち霜雪の寒と為る

お母さんが来たときは三月で、今は十月の末です。春のときやってきたけれども、今はもう霜や雪の寒さ。

雞を聞いて即ち足を裹み、輿に侍して足槃跚たり
児の足の疲るるを言わず、唯だ母の輿の安きを計るのみ

朝早く、鶏が鳴いて、旅支度をする。そして、お母さんは輿に乗る。それにくっついてずっと行くと、自分はもうヨロヨロしてしまう。

なお、頼山陽は五十三歳のときに肺結核で死にます。今、五十歳ですから、もう大分体も弱っているのでしょうね。しかし、私の足の疲れるのは言わない。ただ、お母様の輿の安全なことを計るばかりだ。

ここまで五字でずっと押して、ここから七字になる。

母に一杯を献じ　児も亦た飲む
初陽店に満ちて　霜已に乾く

母上に一杯差し上げて、子どもの私も飲む。これは普通の解説書だと「お茶を差し上げて」と書いてあるけれども、お茶ではありません。一杯といったらお酒です。お茶は一碗という。お母さんも結構イケる口だったらしい。お母さんに一杯お酒を差し上げる。そして私も飲む。朝日が茶店に満ちて、霜も乾いた。

次の句です。

五十の児　七十の母有り
この福　人間得ること応に難かるべし

今、私は五十、七十歳のお母さんがいる。こういう幸いはこの世の中でなかなか得られないことだぞと。昔は、寿命が短かったですから、五十になって親が生きているということは大変なことです。しかも、そのお母さんをずっと守って、国へ帰る。

南去北来　人織るが如きも
誰人か我が児母の歓びの如くなる

「南去北来」は、前に杜牧の詩に出てきましたね（九六頁参照）。今、この山陽道を南に行ったり北に行ったり、人が織物を織るようにたくさん通るけれども、だれが我々のような、子どもと母親の歓びを感じているだろうか。そんなのはいないだろうといって、母親に仕える歓びを手放しで詠っております。中国にも見ない、ほのぼのとした親子の情愛あふれるよい詩ですね。

なお、山陽の母は梅颸《ばいし》夫人といい、山陽の没後十一年、八十四歳の長寿を全うして亡くなりました。

第六章

漢詩と恋愛

中国の恋愛詩

恋愛の詩が中国では少ないということはよく言われることです。ヨーロッパで詩歌といったら全部恋愛詩だと言ってもいいぐらいですね。ゲーテが八十歳になっても十六歳の娘に恋をして詩を作ったという話もあるし、ヨーロッパの概念では、詩はほとんどが恋愛。ところが、中国では、男と男の社会なんですよ。だから、恋愛詩というのは非常に少ないです。

男が女になりかわって作る詩もあるんです。そういう詩もありますが、本当に男が女を思って女に詩をあげ、そして女がそれに返詩をするということもなくはないけれども、詩全体の量から言ったらこれは非常に少ないです。そういう意味で、中国の詩の世界は男の世界だと言ってもいいかもしれないですね。ことに友情、これは大きい世界です。中国の詩の一番の主なテーマはといったら友情です。友情に絡んで別れとか出会いとか、そういう折々の歌が多いです。

その中で恋愛の詩をこれから見ようというのでありますが、最初に挙げましたものは「李夫人歌」といいまして、漢の武帝の作ったものといわれております。漢の武帝はいつごろの人かといいますと、西暦紀元前百年前後の人です。すなわち今から二千百年も前の人です。この皇帝は多分その当時の地上最大の権力者だったでしょうね。大きな中国を治めて、そして先祖の皇帝が蓄えたありあまる富を基に大きな御殿をこしらえたり、あるいは戦争を仕かけたりして領土を増やしたり、そんなことをした最高の権力者でございますが、色好みの方でも有名な人であります。

武帝には幼馴染みの相思相愛の皇后がいたのでありますけれども、だんだん年を取って容色も衰えてきたんでしょう。そこへ李夫人が現れます。李夫人は楚々とした美人でありますが、この李夫人の兄さんが李延年。この実の兄さんが「佳人の歌」というのを作ったんです。これを見てみましょう。

佳人歌　李延年

北方有佳人　北方に佳人あり

絶世而独立　絶世にして独立す

一顧傾人城　一顧すれば人の城を傾け
再顧傾人国　再顧すれば人の国を傾く
寧不知傾城与傾国　寧《いずく》んぞ傾城と傾国とを知らざらんや
佳人難再得　佳人再びは得難し

「北方に佳人あり、絶世にして独立す」。北の方に美しい人がいる。これは自分の妹のことですよ。この世の中でも特別に美しくて、すっくと立っている。独立ということは、今英語のインデペンデンスの訳語になってしまっているから少し意味が違っていますけれども、これは何ものにも煩わされないで、本人が気高くすっくと立っているという意味です。絶世というのは今でも使いますが、世にもまれ。この美人が一回ちょっと振り返ると人の城を傾けるほどだ、二度ちょっと振り返ると、国を傾けるほどだという、つまり一国一城を左右するような美人だよということです。

ここで意識しているのは、例えば、ずっと昔にちょうど孔子様と同じころに西施《せいし》という美人がいたでしょう。あの西施は越の国の美人で、もともとは村娘だったんですけれども、越王句《こう》践《せん》に見出だされ、かわいがられた絶世の美人です。そして呉王の夫差《ふさ》に献上された。越は呉に戦争で負けたんです。もう本当に滅亡する寸前までいって、それで越王句践はもろ肌脱ぎになってイバラを背負って、気の済むまでたたいてください。私の女房、妾、みんな差し上げます。金銀財宝全部差し上げます。だから命だけは助けてくださいと言って泣いて懇願した。そのときに呉王夫差は句践を殺せば殺せたんです。殺せばよかったんです。けれどももう勝利の美酒に酔って、いいや許してやれと許してしまった。それで許された句践は献策に従い、自分の愛妾をプレゼントした。これは例の范蠡《はんれい》が、「ときに范蠡なきにしもあらず」と年配の方御存じのあの歌の中にある、あの范蠡が、「呉王の夫差は色好みだから、この絶世の美人をプレゼントすれば、きっとその色香に迷って軍備を怠るでしょう。そのすきに軍備を整えて戦争を仕かけてやっつけてしまいましょう」と献策するんですね。案の定、呉王夫差はその美女に溺れて、今も蘇州の郊外の山の中にその跡がありますが館までこしらえた。それで、とうとう軍備をおろそかにしたすきに越の国に攻められてやられてしまう。これがつまり国を傾けた例であります。一人の美人のために国が滅びた例であります。

西施については面白い話がたくさんあるんですけれども、それをしていては時間かかってしまうから、ただ一つだけしましょう。持病の癪持ちで、胸を押さえて痛みをこらえる姿がえも言われぬほど美しい。隣村の東施というブスがそのまねをしたら、みんな男が逃げ出したという、今でも「西施の顰みに倣《なら》う」という故事になっている話。美人の場合は、こうやって、えも言われぬ美しさで、人を迷わせてしまうんですね。

中国には、このように一国を傾けた美女がおりまして、西施の前にも春秋時代に、あのイソップ物語と同じように美人を笑わせたいばかりに偽の狼煙《のろし》をたいて国を滅ぼすことになった周の幽王、その美人は褒姒《ほうじ》という有名な女性です。李延年はそういうような美人のことを頭に置いて、この詩を書いているんです。この美人もそうだよと。どうして城を傾けたり国を傾けたりすることを知らないだろうか。よくわかっているんでしょうけれども、美人というものはなかなか得難いものでございますよ。今、北方にこの美人がおりますから、どうぞ早くと、こう言って、自分の妹を売り込んだんですね。この歌が多分功を奏したんでありましょう。李夫人は召し出されまして、案の定、美人でありますから寵愛されました。そして、兄貴の李延年の方は音楽の役所の長官に取り立てられて出世しました。一説に李延年の方は漢の武帝の男色の相手になったという説もあるんですけれども、それはどうでもよろしい。

こんなわけで、李夫人は漢の武帝の傍らにはべることになりましたが、美人薄命の名のとおり彼女は産後の肥立ちが悪かったんでしょうか、病気になって死ぬんですけれども、その死ぬ間際に漢の武帝は自分の寵愛した婦人ですから、どうしてもお見舞いに行きたい、会わせろというんです。ところが、この李夫人はかたくなに断った、絶対にお見舞いに来てもらいたくないと。そのときに李夫人の姉さんが、そんなに断ったら武帝がかわいそう、あれほどおっしゃるのだから武帝にお見舞いさせてあげなさいと言って、李夫人を説きつけるんです。けれども李夫人は何と言ったか。いまわの床なんですけれども、笑って言ったんです。「姉さん、何をばかなことを言うんですか。私が武帝様にかわいがられたのはこの容貌なんです。ところが今、病気になって見る影もなくやつれているでしょう。こんなやつれた顔を武帝様にお目にかけたら愛は一遍に冷めますよ。私に対する愛が冷めたら、姉さん、あなたの今の特権なども奪われてしまうんですよ、それでもいいんですか」と。なかなか利口な女性ですね。そう言えばそうでしょう。やつれてこんなになった顔を見せたら、百年の恋も一時に冷めてしまいますよね。かたくなに断ったんです。

漢・武帝の恋歌

以上のようなわけで、李夫人はとうとう死にました。漢の武帝は李夫人の面影が忘れられず、何とか会いたいものだなと言っていたところへ、最高の権力者には阿《おも》ねるものがたくさんおりまして、私、李夫人の魂にお会わせできますという術使いが現れた。おおそうか、ひとつやってみろと、こういうことになりまして、いよいよその術使いが李夫人の魂を招くことになったんでありますが、その術使いが言うには、どうぞ皇帝陛下、ここから一歩も出ないでくださいい、前へ進むと消えてしまいますと言って、前に近づかせないようにして、薄いカーテンのような薄絹を垂らし、その向こうに今から術を使いますと言って術を使ったら、案の定出てきた。ああ何とか会いたいなと言うと、さあっと消えてしまった。そのときに作った歌がこれです。

李夫人歌　漢・武帝

是耶非耶　立而望之　是か非か　立って之を望むに
翩何姍姍　其来遅　　翩《へん》たり何ぞ姍姍《せんせん》として　其の来るや遅き

これは詩といえるかどうか、こんな短いものですけれども、でもちゃんと韻を踏んでいるんです。非というのと、これを望むの之、遅いの遅、こんなに短くとも韻を踏んでいるんです。本当なんだろうか、うそなんだろうか、立ってその魂を望み見てみると、ひらひらと何とぐずぐずしていることか、何と来るのが遅いことか、もどかしいな。こういう歌です。

これは裏話があって、実は術使いが李夫人にそっくりの女官を選んで、そして絶対に皇帝の側に近付くなと言い含めて、そして、ひらひらとしたらすぐ消えろと。すっかりそれにだまされたんですね。

昔の都の長安、今は西安といいますね。その郊外に漢の武帝のお墓があって観光名所になっている。茂陵《もりょう》といいます。その茂陵に行きますと、傍らに相当大きい、茂陵にも劣らないぐらい大きい立派な土盛りをした李夫人のお墓があります。ちょうど漢の武帝の茂陵を守るかのように。もう一つは漢武帝がかわいがった若大将、霍去病《かくきょへい》という将軍のお墓もありまして、武帝のお墓を真ん中にして、霍去病のお墓と李夫人のお墓とが守っています。

こんなに大きなお墓を築いたということは、いかに漢の武帝が李夫人を寵愛していたかということでしょう。しかし、やはり美人は薄命なのがいいようですね。もし長生きをしていたら捨てられたかもわからないですね。幼馴染みで相思相愛で結婚した皇后が捨てられてしまって、泣きの涙で司馬相如という文人に自分の悲しい思いを詠ってくれといって代作させている。「長門の賦」といいます。それを見た漢の武帝は、ああ悪かったと言って一時よりが戻るんです。よりが戻ったけれども、まただめになってしまいました。

「佳人の歌」は見てすぐおわかりのように、ほとんど五字でしょう。ただ最後から二句目の字が字余りになっている。字余りになっているために全部が五字になっていませんが、これはこの時代には非常に突出して新しい形式です。一句が五字の五言詩というものが発達したのはもっとずっと後です。この詩は武帝と同じころですから、紀元前百年ごろです。五言詩が一般的になるのは三世紀になってからです。その意味ではこれは時代に先駆けた作品だといわれております。韻は立、国、国、得と、こういうふうに踏んでいます。

楊貴妃と趙飛燕

さて話が飛びまして、ずっと時代が下って今度は李白でありますが、李白は西暦八世紀の人。今の漢の武帝からみると千年近くも後の人なんですけれども、この「清平調詞」という詩の中に趙飛燕という美人が出て来ます。

李白が朝廷に上がったとき、玄宗皇帝の時代だった。この玄宗皇帝の傍らに楊貴妃がいましたね。ちょうどそのとき牡丹の花が咲いていましたから、その牡丹の花の美しさと楊貴妃の美しさを詠ってみろと、こういう玄宗の命令で作ったのがこの歌です。花のような楊貴妃、当時楊貴妃は二十四歳でした。李白は四十二歳。

清平調詞　李白

一枝濃艶露凝香　一枝の濃艶　露　香を凝らす
雲雨巫山枉断腸　雲雨巫山　枉《むな》しく断腸
借問漢宮誰得似　借問《しゃもん》す　漢宮誰か似るを得ん
可憐飛燕倚新粧　可憐の飛燕　新粧に倚《よ》る

一枝の濃艶　露　香を凝らす
雲雨巫山　枉しく断腸

一枝の艶やかな牡丹の花に露がしっとりと香りを凝らして宿っている。これは、表面上は牡丹の花に露が宿っていることを詠っているのでありますが、同時にそれは二重写しになって、楊貴妃の美しさを詠っている。楚の国の王様と巫山の神女との恋愛の故事（一四九頁参照）から、雲と雨というのが組になって、色恋という意味ができたんです。

ここで、「雲雨巫山　枉しく断腸」というのはどういうことかというと、楚の王様と巫山の神女との色恋など、空しい断腸である。はらわたが千切れるような思いで悲しんだそうであるけれども、そんなものはばかばかしい、この玄宗皇帝様と楊貴妃様の恋愛に比べれば、というわけです。おべんちゃらを言っているんです。李白先生も大汗をかいておべんちゃらを言っているんですね。

借問す　漢宮誰か似るを得ん
可憐の飛燕　新粧に倚る

ちょっとお尋ねします。漢の宮殿でどなたがこの楊貴妃様に似ているか。あのかわいらしい飛燕という女性、それがお化粧したてに倚っている姿。倚っているというのは、それを頼りにしているということです。いわゆる素顔ではなくて念入りにお化粧した趙飛燕だと、こう言っている。

この趙飛燕という美人は、漢の武帝から数えて四代後の成帝の愛人だった。これが皇后になってしまった。身分は卑しいんでありますけれども、絶世の美人であり、何しろ非常に身が軽かった。皇帝の掌の上で踊りを踊ったという。そのようにほっそりとした美人だっだんでしょう。たちまち皇帝の寵愛を得て、皇后にまでのぼりつめたわけです。文字通り玉の輿ですね。

そこで李白は楊貴妃様の美しさを趙飛燕のお化粧こってりとしたそういうような姿に似ていると、こう言った。ところが、これが悪かったんですね。

というのは、そのとき彼は酔っ払っていたんです。長安の居酒屋で酔っ払っているのを水をぶっかけて連れて来られた。そしてすぐ詠ってみろと。さすがに李白先生ですからたちどころに三首作ったんです。これはそのうちの一首です。そのときに彼は酔った勢いで、こともあろうに玄宗皇帝にかわいがられていた高力士という宦官にからんだんですね。宦官とは、言うのをはばかるんですが、ある罪によって男の大事なものをちょん切られるという刑罰にあった人、これが宦官になるんです。ちょん切られているから、もう男ではない。男ではないけれども、そのことが逆に幸いして、男が入ることができない女性ばかりの宮殿に入ることができる。そこで楊貴妃などと親しくなっているわけです。権力を持っている。そういうような男で、名前は強そうですけれども実はちょん切られている。で、李白先生は靴を脱いで、履かせろと言ったからこの男ムッとした。俺の方が身分が上だ、田舎からぽっと出て来たような山だしの詩人が何だと。ところがそのとき玄宗皇帝が、まあ履かせてやれと言ってなだめた。皇帝がそう言うから、しようがない、履かせた。しかし根に持った。宦官というのはそういうふうに執念深いんです。それで楊貴妃に言いつけたんです。李白はけしからぬ詩人でございます。実はあのとき作った詩の、この「可憐の飛燕　新粧による」という趙飛燕という女はどんな女だか御存じですか。この女は身分は卑しく、皇后にまで上ったけれど、後で皇后の位を奪われて庶民に落とされた、そういう女性ですぞ。李白がこの女性になぞらえたのは楊貴妃様を快く思っていない証拠ですよと。それで、楊貴妃はすっかりそれを信じてしまいまして、寝物語か何かに玄宗皇帝に言ったんではないでしょうか。「李白という詩人はわちきの悪口を言っておりますよ」とか何とか。玄宗皇帝も楊貴妃の言うことなら何でも聞きますから、李白はけしからぬ、追放じゃ、ということで李白は追放になったというお話であります。どこまで本当か分りませんが……。

才色兼備の班婕妤

趙飛燕の次は班婕妤《はんしょうよ》。これは実は趙飛燕に寵愛を奪われた方の女性です。班婕妤の方が最初にかわいがられたんです。婕妤は女官の位の一つです。皇后の下。この女性は家柄がよい。この人の兄さんの孫が有名な歴史家である班固という人です。『漢書』という歴史を書いている。歴史家でもあり文豪でも知られている。そういう人物が後に出る家系なんです。家柄もよい、学問もある、容色もきれい、かわいがられた。しかし、後から来た趙飛燕の方に愛を奪われて、彼女はとうとう皇太后付きの宮殿に下がった。その恨みを詠ったのがこれです。

怨歌行　班婕妤

新裂斉紈素　皎潔如霜雪　　新たに斉の紈素《がんそ》を裂けば　皎潔《こうけつ》にして霜雪の如し

裁為合歡扇　団団似明月
出入君懐袖　動揺微風発
常恐秋節至　涼風奪炎熱
棄捐篋笥中　恩情中道絶

裁《た》ちて合歓の扇と為せば　団団として明月に似たり
君が懐袖《かいしゅう》に出入し　動揺して微風発す
常に恐る秋節の至りて　涼風炎熱を奪い
篋笥《きょうし》の中に棄捐《きえん》せられ　恩情中道に絶えんことを

新たに斉の国の白絹を裂いてみると、それは霜や雪のように真っ白だ。それを断ち切って愛の扇とするならば丸く丸く明月のようだ。まだこのころには扇子というものはありませんで、団扇《うちわ》といえば丸い団扇です。女性が持つものですから、そう大きなものではありますまい。こういう丸い白絹を張った団扇、明月のよう。合歓といっているのは、喜びを合わせるという意味でありまして、恋という意味です。恋愛です。

貴方様の懐や袖に出入りをし、揺すられて、微風がこの扇から発します。動揺というのは揺らすことです。ところが、いつも恐れるのは、秋の季節がやって来て、涼風がこの暑さを奪えば、捨てられて箱の中にしまわれ、そのように恩情が途中で絶えてしまうこと。これが恐ろしい、ということで、団扇になぞらえているわけです。団扇は暑いときはかわいがられているけれど、涼しくなると捨てられる。そんな私の身の上だと言って、恨めしく詠っている歌です。

これは本当は班婕妤の作品ではありません。後の人が班婕妤のつもりになって作ったんです。というのは、こんなきれいな五言の詩は歴史的にはこの時代にはまだない。しかし、ここで大事なことは、この詩によって、班婕妤といえば丸い団扇というように縁語になってしまったんです。そのことが次の王昌齢の歌に詠われている。

長信怨　王昌齢

奉帚平明金殿開　平明に奉帚《ほうそう》すれば金殿開く
且将団扇共徘徊　且《しばら》く団扇《だんせん》を将《も》って共に徘徊す
玉顔不及寒鴉色　玉顔は及ばず　寒鴉《かんあ》の色の
猶帯昭陽日影来　猶《な》お昭陽の日影を帯びて来たるに

王昌齢は先ほどの李白と同時代です。年は幾つも違いません。ただし安禄山の乱のとき殺されてしまいました。不遇な人なんですけれども、こういう詩を作らせると上手です。長信怨の長信というのは班婕妤が皇太后付きになった、その皇太后のおられる宮殿の名前・長信宮からでています。そこで、班婕妤の怨みを詠う歌を「長信怨」というんです。

明け方、箒を持ってお掃除をすると、美しい御殿の扉がギーと開いた。この奉帚の帚は箒です。皇太后付きになりましたので、長信宮でお仕えをしている。朝方にはもうお掃除をするとみえます。この辺が少し不自然なんですけれど、いくら何でも召使のするようなことはしないとは思うんですけれども、ここでとにかく朝早く出て来なければこの歌は成り立たないし、朝早く出るためにはお掃除でもしなければ具合が悪いから、そういうのを後から仕組んだような感じですね。
「且く団扇を将って共に徘徊す」というのは、丸い団扇を持ってしばらくそこでうろうろする。団扇と共に徘徊するというのです。共にというのは団扇を持って、何かわざとらしいですけれども、ここでどうしても団扇を持って出なければいけません。班婕妤といえば団扇、丸い団扇、これがつきものですから。

玉顔は及ばず　寒鴉の色の
猶お昭陽の日影を帯びて来たるに

彼女の美しい顔はかわいそうに、あの寒烏《かんがらす》の色にも及ばない。寒烏はそれでもなおあの昭陽宮から出る太陽の光を帯びてやって来る。昭陽宮と長信宮の位置関係はこうです。班婕妤のいた皇太后付きの長信宮は、昭陽宮という主な宮殿の西側にあるんです。したがって西から東を見ているんです。寒烏は東から出る太陽の光を浴びながらやってくる。この太陽の光はいうまでもない皇帝の恵みの比喩で、寒烏というのは趙飛燕のことをいっている。ですから班婕妤の美しい顔は、太陽の光を帯びた寒烏に及ばない、と言っているんですね。趙飛燕は身分が卑しいでしょう。卑しい身分の女が今、昭陽殿でちゃらちゃらしている。それをあてこすっている、そういう詩です。玉のように美しい顔が寒烏にもおよばないという、この発想はすばらしいと思う。このように王昌齢は先ほどの班婕妤が作ったといわれている怨歌行を巧みに踏まえて作っているのですね。

女性が最も生き生きした時代

ここまで漢の時代の美人のお話をしまして、次に無名氏の作った子夜歌《しやか》という歌を取上げましょう。その前にちょっとお話しいたしますが、中国の歴史上女性が最も生き生きとして活躍した時代はいつかといいますと、この子夜歌の時代。これは六朝時代といいまして、中国がちょうど南北に二つに分かれた時です。南北の境界線は、黄河と揚子江のちょうど真ん中辺り、淮河《わいが》という川が流れていますけれど、淮河が南北の境界線なんです。南側が漢民族、北側は異民族が治めていたので、南北朝という。南の方の都は今の南京です。南京に都をおいた王朝が六つ続けてありましたので、六朝といいました。六つの王朝。これは大変華やかな貴族の文化の時代でございます。

その貴族の時代に貴族の女性も生き生きしていたが、庶民の女性も生き生きしていたんです。漢の時代、また後の唐の時代などは、女性は奥へ引っ込んでしまって、例えば、唐の時代などは大臣の奥さんでも字を知らなかったという話もあるくらいなんです。というのはもう字は必要ないんです。全然外へ出ませんから。社交の場に出ないでしょう。だから女性に学問は要らないということで、籠の鳥のようになってしまった。その時代とは違いまして、この六朝時代は女性が男性と五分に付き合うという、そういう場が多かった。

例えばある貴族の女性は、大変な聡明な女性でした。名前は謝道韞《しゃどううん》という人です。そして、亭主の方は王羲之の倅《せがれ》・王凝之《おうぎょうし》といいます。この二人が結婚した。この王凝之は王羲之の倅ですから、それは相応の才能もあるんですけれども、どうも女房から見るとものの足らないんです。自分がもう非常に才能がありますから。そのころ一番はやっていたゲームは何かというと、あるテーマを決めて、肯定する派と否定する派と分かれて言論を戦わせるというゲームがあったんです。ちょうど我が国の王朝時代に歌合わせというのがあったでしょう。あれの元祖です。議論を合わせるんです。行司がついていまして、行司は身分の高い年配の人がやります。肯定派のチャンピオン、否定派のチャンピオンの両方が出てきてやるという面白いゲームがあった。これは玄談《げんだん》というんです。テーマは老荘思想のような、そういう玄妙なテーマが多かったから玄談というんですけれども、そういう議論をして、相手をやり込めて勝った負けたと行司が判定して、こちらが勝ちというようにやる。そのときに手に持つのが、鹿の尻尾がついている払子《ほっす》。これを振ってやるんです。麈尾《しゅび》といいます。

例えば無とは何ぞや。老荘でも無ということをいう、仏教でも無という、同じだと肯定派。いや違うと否定派。仏教の方の無とは違う、違わないと。今考えればバカみたいでしょうけれども、しかしそのころの貴族はそれで評価が決まってしまう。そのチャンピオンになったら大変ですよ。若い人は貴族から自分の娘をもらってくれと持参金付きでどんどん申し込みが来るぐらいスターになるわけだから、必死になってやる。あまり夢中になってやるものだから、夕方から始めて御飯が用意されているのをそっちのけで朝方までやると、麈尾の毛が飛び散って御飯の上に積もってしまっている、こういう話もあるんです。

そのときに王凝之は一方のチャンピオンとしてやったんですけれども、旗色が悪いんです。この人はあまりひらめきはなかったみたいです。女房は気が気でない。そこで女房は陰に隠れて耳打ちする。幕の後に入って耳打ちして、それから盛り返して勝ってしまったという話なんです。

庶民の娘の恋歌

そういうような才能のある女性の話にはいろいろございますが、貴族の女性に負けずに庶民の娘も生き生きしていた。その例としてここに三つ、子夜歌を御紹介しましょう。

子夜歌　其一　無名氏

落日出前門　瞻矚見子度

冶容多姿鬢　芳香已盈路

落日前門に出で、瞻矚《せんしょく》して子《きみ》の度《わた》るを見る

冶容《やよう》 姿鬢《しびん》に多く、芳香已に路に盈《み》つ

子夜歌　其二

芳是香所為　治容不敢当　　芳は是れ香の為すところ、治容敢《あえ》て当たらず
天不奪人願　故使儂見郎　　天は人の願いを奪わず、故に儂《われ》をして郎に見《まみ》えしむ

これは組み作品になっています。その一のほうが男の方から呼びかけた。その二の方は女の方から返した。そういう返し歌になっている。

日の暮れ方に門の前へ出て、前門は門前と同じ、門の前へ出て、遠くの方をながめて、あなたがやって来るのを見た。美しい姿、鬢の辺りにこぼれるばかりだ。いい匂いまで路に一杯だ。と、こう呼びかけますと、「芳は是れ香の為すところ、治容敢て当たらず」。よい匂いとおっしゃるが、それは香りのせいですよ。あなた、私のこと美しい姿とおっしゃったけれど、「治容敢て当たらず」。「敢て当たらず」というのは、現代中国語でも、そのまま「不敢当（プガンダン）」という言葉がございますが、どういたしまして、と謙遜したいい方なんですね。おてんとう様のお陰であなたに会えました。こういう喜びの歌であります。

佐藤春夫という詩人がいたでしょう。あの人が『車塵集』という詩集の中でこれを訳してるんです。大変な名訳なのでちょっとここで御紹介しましょうね。その二「芳は是れ香の為すところ」の方です。

紅おしろいのにおうのみ　（芳は是れ香の為すところ）
色も香もなき我ながら　（冶容敢て当たらず）
願い見捨てぬ神ありて　（天は人の願いを奪わず）
我が身を君に会わせつる　（故に儂をして郎に見えしむ）

このように訳しています。「むつごと」という題を佐藤春夫が付けている。
それから次に、これが最も面白い、その三です。

子夜歌　其三
宿昔不梳頭　糸髪被両肩　宿昔《しゅくせき》頭《こうべ》を梳《くしけず》らず、糸髪両肩に被《こうむ》る
婉伸郎膝下　何処不可憐　郎が膝下に婉伸《えんしん》して、何《いず》れの処か可憐ならざらん

どうもこういうのを漢文で読むとかたくなってしまうんですけれども、柔らかい歌ですよ。宿昔というのは大昔のことにも使う言葉でありますが、ここでは夕べという意味に使っている。夕べのこと、頭も梳らないで、絹糸のような髪の毛が両の肩に被りました。これは普通は女性はちゃんと髪を結っているんですけれども、昨日はさあっと流し髪にして、その髪の毛が肩にかかりました。あなたの膝の下になまめかしく伸ばしました。あなたの膝の下というから、これは膝枕しているんです。あなたの膝を枕にして、私の髪の毛がこうかかった。「どう、

かわいくない？　かわいいでしょう」という意味です。「何の処か可憐ならざらん」と、漢文で読むと非常にかたいんですけれども、意味は、どうです、かわいいでしょう、といって媚びを売っている歌であります。

さて佐藤春夫は何と訳したか。これが傑作です。

昔思えばおどろ髪　（宿昔頭を梳らず）
油もつけず梳きもせず　（糸髪両肩に被る）
一度《ひとたび》君に寄り伏して　（郎が膝下に婉伸して）
我が身いとしやここかしこ　（何の処か可憐ならざらん）

「昔思えばおどろ髪」って、昔というけれども、実は夕べのことなんですね。こんなふうに佐藤春夫は訳しています。この佐藤春夫という人は、必ずしも一番有名な詩ではないものをちゃんと見て、これなどはそうでしょう、そういう詩を選んで、こういうふうな翻訳を付けています。中にはすばらしいのがありますね。今回は原詩を御紹介できませんけれども、

鏡取り出てうっとりと
うつけ心のまなざしや
見えるも遠きうわのそら

恋ぞ嬉しき　かくもこそ

こういうのもあります。こういう詩人にかかると原作よりもいい味が出て来ることがありますね。

なお、この子夜というのは女性の名前ですよ。娘の名前です。その当時、都の南京の辺りにいた娘らしいんですけれども、名もない女性です。子夜の意味は真夜中という意味です。子は子刻《ねのこく》という意味ですから。だから妙な名前ですね。真夜中ちゃんという名前ですね。その真夜中ちゃんが作った歌が非常に哀切な響きがあったので、はやったらしい。それで貴族が次々にまねをして、今日ではいろんな子夜歌がございます。だれが作ったかわかりません。

ちゃんと韻も踏んでいて、絶句という形ができないころですから絶句とはいいませんけれども、後世の唐の時代の五言絶句の形をしています。五言絶句の先祖の形です。また日本でいえば、都々逸、端唄のような感じでしょう。唐の時代の五言絶句のああいう深みのある、あるいは余韻の漂うものと違いますね。こういうものにだんだん貴族が手を入れて、そして味の細かい高級な詩歌になっていくわけです。

我が国の詩歌とよく似ている。我が国の詩歌も万葉集の東歌みたいに泥臭いような、しかし活気のあるバイタリティのある歌、それがだんだん貴族がやると古今集になるでしょう。それからまた更に新古今集になるでしょう。いよいよ練られて、いよいよ美しくなる。しかし、美しくなると同時にもとにあった庶民の生き生きとしたものはなくなっていったんです。作りものの美しさです。そうすると、また新しい歌が出て来る。こういうわけで、中国でもその繰り返しになっている。

五言詩がだんだん発達してきますと、いろんな歌が出てきて、こういうものが栄養になって、そしてどっと唐へ流れて行くわけです。中国の詩歌というのは李白や杜甫の活躍した八世紀初頭、この時代に完成するんです。すなわちそれに向かってずっと進んでいるわけです。この歌は西暦で四百年ごろの歌です。すなわち四世紀から五世紀という時代ですね。ちょうどそのころ、どういう詩人がいたか——陶淵明。「帰りなんいざ、田園まさに蕪《あ》れなんとす」と詠った田園詩人として有名な陶淵明が活躍した時代にちょうど民間ではこんな歌がはやったんです。なお、年齢でいうと、王凝之と謝道韞は陶淵明より二十年ぐらい先輩になります。

恋愛詩の達人、李煜

さて、次ですが、李煜《りいく》という人、これはずっと時代が下ります。いつごろかというと十世紀。十世紀という世紀はどういう世紀か。唐が七世紀、八世紀、九世紀です。そして、十世紀の初頭、九〇七年という年に唐は滅びますから、大体約三百年間。中国の歴史上一番長い年月を保った王朝が唐です。正確には二百八十九年、約三百年。その次が明の二百七十六年、その次が清の二百六十七年です。大体三百年にならないです。面白いですね。日本の江戸時代も三百年にならなかったでしょう。一つの安定したそういう制度、体制というものは三百年が限度のようですね。中国もそう。七世紀、八世紀、九世紀と唐が栄えて滅んだ後、乱世になります。乱世になって、いろんな国が興った中で、今の南京に都を置いた王朝に南唐があります。その三代目の皇帝です、この李煜という人。

唐が滅びた後、北には五つの王朝が次々に興る。それから南や西の方にもたくさんの国ができる。五代十国といって十の国々ができますけれども、南唐はそのうちの一つ、一番この中では豊かな国でした。今の南京が都です。あの辺は気候も温暖で産物もよくできるでしょう。それをバックにして非常に富み栄えた国でありますけれども、やがてその次に興った宋にやられてしまう。この李煜という男は最後は殺されてしまうんです。とにかくそういう富をバックにして遊んだんです。お父さん、おじいさんが築いたものを全部使ってしまった。そして遊び暮らしていて、とうとう最後に宋の軍勢がやって来まして、彼は捕虜になって、宋の都に連れて行かれた。宋の都は開封です。開封へ連れて行かれた。

それである年の七月七日、これは彼の誕生日ですが、誕生日のプレゼントにお酒が贈られた。それを飲んだら、バッタのように体が痙攣《けいれん》して死んでしまった。毒薬が入っていたんです。というのは宋王朝としては、滅びた国の皇帝などは早く死んでもらいたいんです。だから、お誕生日のプレゼントといって、毒酒をプレゼントした。結局それでまだ四十になるかならないかという若さで死んでしまった。彼は、国が滅ぼされた後、宋の都に連れて行かれる。

そこで悲しんで作った歌がたくさんあるんですけれども、それがまたすばらしい文学で、彼の評価を高めたんでありますが、今回、ここに御紹介するのは、そうではなくて、彼がまだ詩歌管弦の遊びにうつつを抜かしていたころの歌です。

ちょっと読んでみましょう。「菩薩蛮《ぼさつばん》」と書いてあるでしょう。これは実は題ではないんです。「菩薩蛮」というのはこの歌のメロディーの名前なんです。これを「詞牌《しはい》」といいます。この詩の形は「詞」で「詩」ではない。「詩」が完成してずっと栄えて、やがてまた新しい歌ができた。これが「詞」で、日本語では音が同じなので、中国語で「ツー」といって区別している。李煜の時代に、「菩薩蛮」というメロディーがあったんですね。そのメロディーに合わせて歌詞を作ったわけです。

菩薩蛮　李煜

花明月暗籠軽霧　　花は明らかに月は暗く　軽き霧の籠《こ》むる
今宵好向郎辺去　　今宵こそ好し郎《きみ》が辺《へ》を向《さ》して去《ゆ》くに
剗襪出香階　　剗襪《たびはだし》にて香階《こうかい》に出ずるとき
手提金縷鞋　　手には提《さ》ぐ金縷《きんる》の鞋《くつ》
画堂南畔見　　画堂の南の畔《ほと》りに見《まみ》ゆれば

一向偎人顫
奴為出来難
教君恣意憐

一向《いちず》に人に偎《よ》りそいて顫《ふる》う
奴《わらわ》は出で来たること難きが為に
君をして恣意《ほしいまま》に憐《いと》おしましむ

花は明らかに月は暗く　軽き霧の籠むる
今宵こそ好し郎が辺を向して去くに

ちょっとくだいて訓読してみました。

花は明るく咲き月は暗く、軽い霧がこめている。第一句を見ると、何となくぼーっと霧がかかっていて、この霧のベールの中に展開する物語です。あからさまに月明りがさえざえと照らすような景色だと味も消えてしまいますが、ぼーっとさせて、辺りに花が咲いていますから華やかな雰囲気もある。今宵こそちょうどよし、あなたのところに行くのには。

剗襪にて香階に出ずるとき
手には提ぐ金縷の鞋

この剗襪《たびはだし》というのは、素足ではないんです。普通は足袋を履いて靴を履くんですけれども、靴を履いていない。だから足袋のままで出かけてしまう。一番上の字は剗《せん》という字ですが、この字は剗《む》き出しという意味がありまして、次の襪《べつ》という字、これが足袋です。だから、足袋裸足と訳しておきました。香階といっているのは、階段を美しくいったんです。美しい階段を足袋裸足で出るときに、手には金の糸で作った靴を下げている。金縷の鞋という美しい靴が出てきましたが、これを彼女が履いている。こういう靴を履いている女性は宮女です。宮女の裸足の忍び足の姿。靴を履くと音がしますから、それで脱いで手にもっているんです。

画堂の南の畔りに見ゆれば
一向に人に偎りそいて顫う

画堂といっている。絵を描いた美しいお座敷、その南の畔りでお目にかかる。そして、一途に人に寄りかかって震える。これですね。つまり、彼女は今、抜き足差し足でやって来ました。逢引きをしているのです。男がそこで待っている。寄り添って、うれしさのあまり震えているのです。

奴は出で来たること難きが為に
君をして恣意に憐おしましむ

漢文の訓読は非常に優れた翻訳法ではあるけれども、ちょっとかたいイメージを与えてしまって、こういう柔らかいときは困るんです。意味はどういう意味か。自分のことを奴といっている。これは自分を謙遜したいい方です。私は出て来るのが難しかったために、こうやって出てきました以上は、あなたにほしいままにかわいがらせてあげましょうというんです。どうですか、なまめかしいでしょう。精一杯かわいがってちょうだいという意味です。こんなに苦労して出て来たんだから、精一杯かわいがってくださいませと、こういうような媚びを詠っておりますす。恐らくは作者の李煜がかわいがった宮女がいて、その彼女の身になって作ったものだと思います。こういう歌を詠わせるとこの人は天下一品です。

なお李煜には正式の皇后がいたんですけれども、皇后が病気になりましたら――その皇后の妹がまた美しかった――まだ皇后が生きているのにもういちゃいちゃして、死ぬとまたその妹を皇后にしたんです。そんなことをしているから、国を滅ぼしてしまったんですけれど。

韻は霧、去、これで切れている。次はアイという音で、階、鞋。これでまた切れて、見、顫。また切れて、難と憐。二個ずつ二個ずつ韻を変えている。このように細かく韻を変えると、急いだような、気忙しいようなそんな調子が出てきます。ハーハー息急き切って忍び足でやって来て、もう会いたくて会いたくて、という気分がよく出てるでしょう。こういうきめの細かい歌がもう十世紀にできたんです。

李商隠の恋歌

次は李商隠の歌、これも有名な詩です。李商隠は九世紀の人ですから、先ほどの李煜より百年ほど前の人。この詩を作ったとき、彼は山国の今の四川省におりました。巴山というのがそれです。

夜雨寄北（夜雨北に寄す）　李商隠

君問帰期未有期
巴山夜雨漲秋池
何当共剪西窓燭
却話巴山夜雨時

君　帰期《きき》を問う　未だ期有らず
巴山《はざん》の夜雨　秋池に漲《みなぎ》る
何《いず》れか当《まさ》に共に西窓の燭《しょく》を剪《き》りて
却《かえ》って巴山夜雨の時を話すなるべし

君　帰期を問う　未だ期有らず
巴山の夜雨　秋池に漲る

あなたは私の帰る時期を問うけれども、まだ時期が来ないんだよ。今、巴山には夜の雨が降って、秋の池にいっぱい水がたまっているんだ。

何か当に共に西窓の燭を剪りて
却って巴山夜雨の時を話すなるべし

いつの日に一緒に西の窓辺の燭台の芯を切って、却って今のときを話すことができるであろうか、とこういう意味でありますが、現実は巴山に雨が降っている。嫌で嫌でしようがない。今、相手と離れ離れだ。相手は都にいる。いつの日に二人寄り添って、西の窓辺で燭を剪り――この燭を剪る、というのは、皿の中に油を入れて芯がある、その芯は燃やすとだんだん黒くなって光が薄くなる、それで芯を切ってやる、それを燭を剪るというんですね――そうして、あのときは嫌だったたよ、という話をする。そういうときがいつ来るだろうなと、こういう意味ですから、嫌な現実を過去にする未来を夢想しているという、複雑な歌になっている。それにしても忍びやかな味わいがするでしょう。

題で「北」といっている女性はだれか。これは従来の説では妻がいたんだと。李商隠一人任地に来ていて、妻は都に残していた。だから妻に送ったんだというのが今までの説でございますが、私が指導した台湾の留学生が学位論文を書いたんです。その論文では、これをいろいろ考証して、このとき妻は死んでいたと。そういう一つの発見ですね。では、これはなんだというと、愛人だというんです。そういわれて見ると、西の窓というのが臭い。これは中国の家屋の構造では西側に女性の部屋がある。だから、西の窓辺でというのは女性の部屋に入り込んでいるわけでしょう。何となく密やかな恋という、そういうムードがありまして、私はその論文を指導する前から、どうもこれは女房ではないなと思って本にも書きました。そうしたら、その学生が、先生の言うことは正しい、私は証明したと言うんですね。なかなか優秀な学生でした。

この詩のミソの一つは、「巴山夜雨」という四字のかたまりが二度出て来る。原文の方を見てください。今の現実が巴山の夜雨ですが、それを過去に見る未来から今を振り返るという、また巴山の夜雨が出て来るでしょう。非常に印象的ですね。

これは本当の恋の歌といっていいのではないですか。先ほどの李煜は女の気持ちになって作った歌ですけれども、これは李商隠の本当の気持ちが詠われている。珍しい詩人ですよ、この人は。

この詩は、期、池、時と韻を踏んでいます。

第七章 漢詩と日本人

日本漢詩の特質

日本人がいかに漢詩の勉強をしてきたかということにつきましては、特に力説しなければいけないと思います。当然のことながら、漢詩というのは外国の詩です。中国の詩です。それを日本人が長年どのように勉強してきたか、その勉強のあとがわかるように王朝時代の作品、五山時代の作品、江戸時代から明治というふうに見てみようと思います。

漢詩は、中国の社会の中で二千年かかって磨き抜いてきたものなんですよ。皆様御存じのとおり『詩経』という詩集があるでしょう。あの中の最も古いものは、今から約三千二百年ほど前の作品です。実に紀元前十二世紀の詩なんです。そして西暦八世紀の唐のころに李白や杜甫が出たでしょう。李白や杜甫が出た八世紀初頭に漢詩はすべて整うわけです。

今、我々が知っている五言絶句、七言絶句、五言律詩、七言律詩、五言古詩、七言古詩という六つの形式は、この八世紀の初頭に全部出そろって固まります。紀元前十二世紀から紀元後の八世紀まで、足し算するとちょうど二千年でしょう。二千年かかって、ずうっと絶えることなく、練りに練って作り上げたものでありますから大変なものなんです、この漢詩というものは。その練り上げた漢詩を、外国人である我々の先祖がどうやって勉強したか。血のにじむような努力をしたと思いますけれども、しかし、日本人は優秀ですね。それをまたたく間に自分のものとしてしまう。ちょうど漢詩が完成したころ、日本人は遣唐船を向こうへ出して、七世紀、八世紀、九世紀というこの三百年間は、日本人が最も熱心に中国文化を摂取した時代ですね。そのころからずうっと日本人は漢詩を勉強し続けて、そして江戸時代になって、それが最高の達成、熟成になったわけです。江戸時代は十七世紀、十八世紀、十九世紀ですから、漢詩を勉強し始めて、ちょうど千年経っているわけです。

わかりやすく言いますと、二千年かけて磨き抜いた中国の詩歌を、日本人は受け取ってから千年かかって、最高の段階まで来た。これは中国よりも千年おくれているという意味ではないんです。日本人としてそれを摂取して、日本の文学として我がものとしたということです。ですから、形は中国の詩でありますけれども、中身は日本文学なんですよ。そういうような珍しい例を世界文学の中でも残しているのが日本の漢詩なんです。このことは、我々、よくよく認識しなければいけないと思うんですね。もっともっと日本人は日本人の漢詩を知らなきゃいけないと思うんです。殊に、頼山陽を中心とする、ちょうど西暦でいうと一八〇〇年という年、その前後の数十年間というのは最高です。この最高の時代の作品は知らず知らずのうちに日本の感性、日本人の美意識といったものがにじみ出ています。これは世界でも珍しい例です。外国の詩歌でありながら、自分の国のものが出てくるという、そこまでやれるということは、ちょっとできないことです。

わかりやすい例でいいますと、英語の詩を作れる人が今いるかということです。英語の上手な人はたくさんいます。だけど、英語の詩まで作れる人はいるか。恐らくいないでしょう。まねごとぐらい作るかもわからないが、その作った英語の詩、日本人の感性がにじみ出るような英語の詩を作るということはちょっと考えられないじゃないですか。それを漢詩で日本人はやったんです。ですから、日本人の漢詩というものは、そういう観点で見ると、世界文学の中でも大変貴重な存在だと思うんです。にもかかわらず、今日あまり読まないというのはどうしたことか。

これは、一つは形が中国のものであるから、日本文学者は冷淡なんです。中国文学の分野だと。では中国文学の人はどうかというと、これは中国文学ではないでしょう、明らかに。どちらもやらないということで、ちょうどエアポケットみたいになっている。しかし、これは大きな分野です。趣味でやる人はいるでしょうけれども、本格的にこういうものに取り組んで勉強しようとする人は少ないですね。これから二十一世紀にもなる時代に、こういう人がどんどん出てくることを期待しているんですけれども、なかなか難しいですね。

今は、何といっても昔ほど漢文をやらなくなったでしょう。お子さんやお孫さんの教科書を見てごらんなさい。漢文は一冊の教科書の中にちょこっとしか入っていません。しかも、もはや学校の先生に漢文の力がない。だからお茶を濁しちゃったりする。ひどい場合は飛ばしちゃったりするということで、この大事な分野がそっくり残って、やれなくなっているというのが現状であります。まったく嘆かわしいことです。

最初は王朝時代の作品、それから五山の絶海中津《ぜっかいちゅうしん》、そして江戸に入りまして服部南郭《はっとりなんかく》と中島棕隠《なかじまそういん》をやった後、江戸の流れが明治に入って乃木将軍の詩となる、というところを見ていきます。

日本人は、聖徳太子のときに小野妹子を遣わして、そこから積極的な中国文化の摂取が始まりました。遣隋船、隋は三十年で滅びまして唐になりますと遣唐船。遣隋船、遣唐船で約十七、八回往来している。そのように荒海を乗り越えて必死になって勉強したわけですが、早くも、七五一年、つまり八世紀半ばに最初の漢詩集が出ています。これは驚くべき早さでしょう。まだ、遣唐船が一生懸命往来している時期に、日本では最初の漢詩集『懐風藻』、淡海三船《おうみのみふね》という人が編纂したんだといわれていますが、ちょうど李白も杜甫も中国では元気に活躍しているころ、そのころに早くもできた。

しかし、この中身を見ますと、まだ幼稚な段階といっていいのではないでしょうか。もう中国では七言詩が主な時代になっているのに、まだ五言詩ばかり。すなわち、中国では百五十年ぐらい前に主流であった詩の真似をしている段階です。

ところが、九世紀に入りますと、もう矢継ぎ早に三つ、天皇の命令で漢詩集が編まれている。これは勅撰三集と言います。『凌雲集』、『経国集』、『文華秀麗集』の三つ。これを見ますと、もう七言詩がたくさん入っていて、時代の遅れ方はせいぜい五、六十年ということになっています。

平安初期の女性の詩

さて有智子《うちこ》内親王の話になりますが、この女性は九世紀初めに生まれた。正確にいいますと、八〇七年生まれ。そして、八四七年、引き算しますと満四十歳で亡くなっている方でありますが、八〇七年から八四七年まで生存された内親王です。嵯峨天皇の第八皇女。嵯峨天皇という大変風流な天皇がおられた。その嵯峨天皇のお子様で、四歳のときにもう賀茂斎院といいまして、いわゆる斎宮《いつきのみや》になられたわけです。賀茂神社の祭主として選ばれてずうっとそこにおられた。この作品は十七歳のときの作品であります。当時十七歳の内親王の賀茂斎院にお父様の天皇がおいでになって、そこで詩の会が開かれた。「春日山荘」という題が与えられています。これを「カスガサンソウ」と読む人がいるけれども正しくない。「シュンジツサンソウ」

と読むのが正しい。春のうららとした日の山荘という題で詩を作るということ、こういうのを題詠といいます。

春日山荘　有智子内親王

寂寂幽荘水樹裏
仙輿一降一池塘
棲林孤鳥識春沢
隠澗寒花見日光
泉声近報初雷響
山色高晴暮雨行
従此更知恩顧渥
生涯何以答穹蒼

寂寂《せきせき》たる幽荘　水樹の裏《うち》
仙輿《せんよ》一たび降《くだ》る　一池塘《ちとう》
林に棲む孤鳥　春沢を識《し》り
澗《たに》に隠る寒花　日光を見る
泉声近く報じて初雷《しょらい》響き
山色高く晴れて暮雨行《つら》なる
此より更に知る恩顧の渥《あつ》きを
生涯何を以てか穹蒼《きゅうそう》に答えん

これは七言律詩です。詩の稽古はまず七言絶句を勉強し、そして対句の稽古をして五言律詩に取りかかり、五言律詩がうまくできるようになってから七言律詩に移る。つまり、七言律詩はそれほど難しいものなんですよ。その難しい七言律詩をわずか十七歳のお姫様がこのように作りこなすということは大変なことですよね。まずそれに驚く。

寂寂たる幽荘　水樹の裏
仙輿一たび降る　一池塘

しいんとした物寂しい奥深い山荘、水は池でしょう、池があり、そしてまた木がうっ蒼としている。そこへ仙人の輿がお下りになった、というのは、天皇陛下がおいでになったということです。お父様の嵯峨天皇が、この寂しい山荘の池のほとりにおいでになった。

林に栖む孤鳥　春沢を識り
澗に隠る寒花　日光を見る

自分のことを謙遜している。林に栖む孤独な鳥といったり、谷に隠れている寒々しい花といったりしている。春沢や日光はお父様、天皇のことです。孤独な鳥が春の恵みを知るようになりました。寒々しい花も今こうやって日の光りを浴びるようでございます。

泉声近く報じて初雷響き
山色高く晴れて暮雨行なる

これは山荘の景色を詠ったものでありましょう。

此より更に知る恩顧の渥きを
生涯何を以てか穹蒼に答えん

これからというもの、更に知る恩顧の渥きを。生涯どうやってこの大空のような天皇の御恩に報ることができましょうかと言って結んでおります。「穹蒼」というのは空のことです。大空のように広い天皇のお恵みに対して、どうやって報いることができましょうかと。

これをごらんになったお父様の嵯峨天皇は驚嘆して、大したものだと言って、位を三品内親王に上げたというんです。おほめにあずかったという作品でございます。なるほどよくできている。

それで、天皇御自身がこれに対して返しの詩も作っています。

さて、これを今我々の目で見ますと、なるほどよくできてはいますけれども、次に見る菅原道真や更に江戸の作品から見ると、それはまだまだ熟成していませんよ。やっと作っている感じですね。一生懸命教科書どおり作って、よくできました、と。こういう作品です。こういう段階を踏んで、日本人はだんだん進んできたわけです。

韻は、第一句が踏み落としになっていまして、塘という字がトウ、それからコウ（光）、コウ（行）、ソウ（蒼）。

王朝期、菅原道真の詩

少し後輩になります菅原道真は、内親王が亡くなる二年前、八四五年に生まれ、右大臣にまで昇った方でありますが、晩年に太宰権帥に落とされまして、太宰府で亡くなった。九〇三年、五十九歳でありました。

不出門（門を出でず）　菅原道真

一従謫落在柴荊　一たび謫落《たくらく》せられて柴荊《さいけい》に在りしより
万死兢兢跼蹐情　万死兢兢　跼蹐《きょくせき》の情
都府楼纔看瓦色　都府楼は纔《わず》かに瓦色を看
観音寺只聴鐘声　観音寺は只《た》だ鐘声を聴く
中懐好逐孤雲去　中懐は好し逐《お》わん孤雲の去るを
外物相逢満月迎　外物は相い逢う満月の迎うるに
此地雖身無撿繋　此の地身に撿繋《けんけい》無しと雖も
何為寸歩出門行　何為《なんす》れぞ寸歩も門を出でて行かん

「不出門」というこの題は、実は、白楽天の詩にあるんです。白楽天という詩人は、初唐・盛唐・中唐・晩唐という分期の、中唐の詩人でナンバーワン、白居易が本名で、楽天というのは彼の字《あざな》（呼び名）なんですね。この白楽天の作品は『白氏文集』ということで、日本の王朝の人々は欠くことのできない教養の一つとして読んだものであります。

ちょうど白楽天先生がまだ生きているころに、遣唐船に乗っていった和尚さんがおりまして、白楽天先生にお目にかかっているんです。白楽天がそのことを書いているんですけれども、白楽天先生から『白氏文集』を分けてもらって帰ったらしい。これは国に帰って大変だったでしょうね。白楽天先生に直に会って、『白氏文集』をいただいて帰ってきたと。

白楽天はいつごろの人かといいますと、これがちょうど有智子内親王と重なっているんです。この人は七七二年生まれで、有智子内親王よりちょっと上ですけれども、そして、八四六年まで生きた人です。かなり長生きした。数えの七十五歳まで生きた。菅原道真は八四五年生まれで、まだ赤ん坊のころに白楽天先生が亡くなったというような時代の差です。

その白楽天先生の作品をよく勉強したんです。ですから、この作品は自然に白楽天風になっている。題まで白楽天の作品をもらった。『白氏文集』の中に「不出門」という作品がありま す。そこでそれをそっくり取った。ただし、全然違う作品です。白楽天の「不出門」という詩は、悠々閑々の詩です。いわゆる役人生活の中で、彼は悠々閑々の暮らしをして楽しんだでしょう。そういうような境地を詠ったのが「不出門」、出たくないから出ないというんです。外へ出るのは嫌だと、自分の家で静かに暮らした方がいい、というつもりで「不出門」という詩を作った。

それに対しまして菅原道真の「不出門」というのは、出たくても出られないいんです。出ちゃいけないいんです。天皇の不興を被って左遷された。だから私は謹慎中だという意味で「不出門」という詩を作った。つまり、菅原道真は白楽天の作品の中から、「不出門」という題をもらったけれども、俺は、白楽天とは違う意味で作ったんだということを強調しているようであります。

一たび謫落せられて柴荊に在りしより
万死兢兢跼蹐の情

私はいったん左遷せられて柴の扉の中にいてからというものは、一万回死ぬようなつもりで戦々兢々とかがまっておりますと、最大級の謹慎の情というものをここで表している。一万回死ぬ、「万死」と言っている。「跼蹐」というのは、身がかがまって、しのび足で歩くこと、正々堂々と胸を張って歩くのではない。身をかがめてかしこまっております。

都府楼は纔かに瓦色を看
観音寺は只だ鐘声を聴く

太宰府の役所、そこに私は行かない。権帥ではあるけれども、役所には行かない、わずかに瓦の色を見るだけだ。「都府楼」というのは中国式に太宰府の役所のことをいったんです。また、近くには観音寺というお寺があるがお寺にも行かない、ただ、鐘の声を聴くばかりだと。謹慎の情を述べております。

中懐は好し逐わん孤雲の去るを
外物は相い逢う満月の迎うるに

「中懐」は「懐中」と同じ。私の心の中は、あのぽっかり浮かぶ雲を追いながら、都へ行こう。雲が西から東に、都へ都へと流れていきます。それを見て、あの孤雲を追っていこう。外の物では、ただ満月が迎えに来てくれるだけだ、だれも来ない。

此の地身に撿繫無しと雖も
何為れぞ寸歩も門を出でて行かん

この地は私の身に撿繫がないんだけれども、どうして、ちょっとでも門を出ていくだろうか、いや出ない。撿繫というのは、しばることです、拘束すること。決して縄目を受けているわけではないんだけれども、自分から謹慎しております、という気持ちを込めております。

こう見ますと、初めから終わりまで恐縮しているでしょう。「一たび謫落せられて柴荊に在りしより、万死兢兢跼蹐の情」とか、「何為れぞ寸歩も門を出でて行かん」と言って恐れかしこんでおります。菅原道真公という人は生真面目な人だったんでしょうね。それが原因だったんでしょう。太宰府に来てすぐ死んでしまいました。今でいうところのストレスですね。道真は生涯、相当詩を残しておりまして、今見ますと、詩の技量はかなり高い、その当時のほかの人々に比べるとダントツに高い。しかし、後世の詩から見るとまだ熟していません。表現が固い、生です。白楽天の影響をよく受けてはおりますけれども、そのこなし方がまだ生なんですね。

菅原道真に見るように、王朝の人々は白楽天の詩を勉強し、中国の詩を勉強し、欠かすことのできない素養として、ずっと伝えていくわけでありますが、やがて十世紀に入りますと、日本独自の文化がぱっと花開く。例えば物語、『竹取物語』、『落窪物語』、それから日記でいえば『土佐日記』、『和泉式部日記』、さらに随筆とか和歌とかも大きく花開くので、目立ちませんけれども、漢詩文もずうっと行われています。

例えば、朝廷で集まりがあるでしょう。そうすると漢詩を作る会をやっている。韻を書いた袋を用意しておいて、みんながそれぞれ韻を取る。探韻といいます。当たった韻によってすぐ詩を作る、即席で作る。そういうことをやって遊んだものであります。

五山、絶海中津の作品

やがて五山という、京都と鎌倉の禅宗のお寺の和尚様たちが、漢詩文の素養を受け継ぎます。そして貴族の時代から武士の時代になって、漢詩文の素養がだんだん落ちてくる中で、高い水準をずうっと維持したのが和尚様たちです。その和尚様の一人が絶海中津《ぜっかいちゅうしん》です。

応制賦三山　絶海中津
熊野峰前徐福祠
満山薬草雨余肥
只今海上波濤穏
万里好風須早帰

応制　三山を賦す
熊野峰前　徐福《じょふく》の祠《ほこら》
満山の薬草　雨余に肥ゆ
只今海上　波濤《はとう》穏やかなり
万里の好風に　須《すべか》らく早く帰るべし

絶海中津は十四世紀の人です。十五世紀にちょっとかかっていますけれども、当時中国に行きまして、九年間も向こうで勉強した。そのときの中国の皇帝が明の洪武帝《こうぶてい》であります。洪武帝が日本から来た和尚さん・絶海に対して詩を作ってみよと言った。そのときに彼が作ったのがこれ。当時三十三歳でありました。

熊野の峰の前には、徐福の祠があります。徐福は、昔秦の始皇帝のときに、仙人の島・蓬莱《ほうらい》山に薬草を取りに行くと言って出かけたまま帰ってこなかった。実は日本の熊野へたどり着いたんだと、そのまま日本へ居ついて始皇帝の下《もと》に戻らなかったと。ほんとうは始皇帝のあの悪い政治を逃れたんだ、それで、日本に来てそのまま居ついた、というんです。それを絶海は詠み込んだ。

「熊野の峰の前には徐福の祠がございまして、山中の薬草が雨上がりにむくむく肥えております。徐福はかつてその薬草を採りに来ましたが、今や、海上は波も穏やかになったことと て、万里の好き風を受けて、徐福よ早く中国へお帰り」と言っている。

これはどういうことかというと、徐福は、不老長生の薬を求めて来たんでしょう。だから、今も生きているという設定。そして中国では、秦の始皇帝の圧政が過ぎ去って、今は明のありがたい御世になっているから早くお帰りと、そつなくお世辞まで言っている。それで皇帝陛下は喜んじゃって、こんなふうに、絶海の詩と同じ韻を用いて――これを次韻といいます――返詩をしている。

和絶海　明・洪武帝

熊野峰高血食祠　　熊野峰は高し血食の祠
松根琥珀也応肥　　松根の琥珀も也《また》まさに肥ゆべし
当年徐福求仙処　　当年　徐福仙を求めしの処《ところ》
直到如今更不帰　　直ちに如今《いま》に到って更に帰らず

簡単にいいますと、いや、まだ帰ってこないよといって、お世辞に対して謙遜したという格好の詩です。これは日中文化交流のはしりですね。

江戸漢詩の興隆

話が飛びまして、いよいよ江戸になりますが、江戸は一六〇三年という年に徳川家康が幕府を開きましたので、西暦で勘定するととても勘定しやすい。十七世紀、十八世紀、十九世紀は一八六八年が明治元年でありますから、真ん中よりちょっと後まで、三百年足らず、その三百年足らずのちょうど真ん中辺りに活躍したのが、ここにご紹介する服部南郭《はっとりなんかく》と中島棕隠《なかじまそういん》です。服部南郭のお師匠さんは荻生徂来《おぎゅうそらい》です。荻生徂来という先生は、江戸の茅場町に住んでおりまして塾を開いていた。大変はやりまして、茅場町の先生といわれたのでありますが、そこでは『唐詩選』をもっぱら鼓吹したんですね。この『唐詩選』という唐詩の詩集は、荻生徂来より百年ちょっと前ですが、明の李攀龍《りはんりょう》という人が編纂したものでありまして、一言でいうと、格調の高い詩を選んだんです。格調の高い詩というのは、具体的にいうと、杜甫、李白、王維、孟浩然といった人たちの詩ですよ。唐の一番盛んなときの詩です。こういう作品を重んじまして、それがたくさんとられているのが『唐詩選』です。徂来先生は、この『唐詩選』の風、李攀龍の風を鼓吹したんです。古文辞派といわれます。この風が江戸の初期から中期にはやったのでありますが、それから間もなく、中国でもそうなんですけれども、唐風から唐の次の宋の風へと変わっていく。ちょうど服部南郭が唐風のちゃきちゃきちゃき、中島棕隠が宋風のちゃきちゃきでありまして、両方をちょっとお目にかけます。

唐風の服部南郭

まず服部南郭の隅田川を下る歌から、ご紹介しましょう。雄大に、格調高くというのが、この詩の詩風です。

夜下墨水（夜墨水を下る）　服部南郭

金龍山畔江月浮　　金龍山畔《さんぱん》　江月浮かぶ
江揺月湧金龍流　　江揺《ゆ》らぎ月湧いて金龍流る
扁舟不住天如水　　扁舟住《とど》まらず　天　水の如し
両岸秋風下二州　　両岸の秋風　二州を下る

「君を思えども見えず　渝州に下る」などというのとよく似ているでしょう。どうもこの作品を見ると、李白やだれやらの影がちらちら浮かぶようになっている。そういうのを真似しているわけです。金龍山の麓に大川が流れ、月が浮いてきた。川が揺れると月がぬっとわき出てきた。そして、月の光が川に映って金の龍が流れているようだ、と、このように大きく詠ったのでありますが、我々、この辺の情景を知っていますけれども、金龍山というのは浅草の待乳山、山というほどの山ではないですね。

そして、川は隅田川、向う岸で「オーイ」といえばすぐ聞こえるような小さな川でありますが、この詩を見ると揚子江かと思う、「江揺らぎ月湧いて金龍流る」と……。

「扁舟」というのは小舟のことです。「扁舟住まらず　天　水の如し」空は広々と水のよう。「両岸の秋風　二州を下る」、川をはさんで向こうは下総の国、こちらは武蔵の国。その間を小舟が悠々と下っていく。

このように、誠に雄大な川の景色を詠ったものでありまして、見事な唐詩の風です。好んでこのように大きい、格調の高い詩を作ったんですね。しかし、我々はこの景色を知っておりますので、ちょっとこれは大げさだなと思うんですけれども。この大きい詩というのは、言っては何だけれども「虎を描いて猫に似る」、つまり虎をかいたつもりでも、猫にしかならないという、そういうきらいがあるので間もなく飽きられちゃうんですね。

宋風の中島棕隠

そこで、もう少し生活に根ざした細かい詩を詠おうじゃないか、宋の詩の方が面白いよということで、中島棕隠あたりが出てきました。

鴨東雑詩　中島棕隠

春風簾外売花声
睡起佳人妝未成
笑袖金銭街上去
踉蹡染屐拖来軽

春風簾外《れんがい》　花を売るの声
睡起の佳人　妝《しょう》未だ成らず
笑って金銭を袖にして街上に去れば
踉蹡《ろうしょう》たる染屐《せんげき》　拖来《たらい》軽し

「鴨東」というのは鴨川の東という意味であります。中島棕隠は京都の人です。もっとも、服部南郭も京都の人なんですけれども、十四歳のときに江戸に出てきたんですね。中島棕隠は京都の人で京都で暮らしました。

春風簾外　花を売るの声
睡起の佳人　妝未だ成らず

同じ七言絶句でも随分違うものですね。春風が、簾の外にそよそよ吹くと、花売りの声が聞こえてきた。「花や花や」といって外を花売りが通っているんですよ。「睡起」とは、寝起きということです。寝起きの美人がまだお化粧ができていない、といいますと、この第二句によって想像するものは、ここは鴨川ですから、この女性は色街の女性、舞妓ですね。それがしどけなく起きてきて、へたっと鏡の前か何かに座って、おしろいでもつけようかという風情。そこへ「花や花や」といってきた。

笑って金銭を袖にして街上に去れば
踉蹡たる染屐　拖来軽し

にこにこ笑いながら、お金をちょっと袖に入れて街へ出ていく。「踉蹡」というのはよろよろという意味なんですけれども、げたを引きずって、「ちょっと花屋さん待って」といって、花屋を呼び止めて花を買う風情なんです。「染屐」というのは、恐らく日本で作った言葉ではないかと思います。下駄なんですよ。下駄は下駄でも絵柄の付いた下駄。いかにも舞妓さんが履きそうな下駄です。不細工な野郎が履く下駄ではない。小さな、赤か何かに塗ってあって、かわいい鼻緒が付いている、そういう下駄を引きずりながら、よろよろ、しなしなと出ていく。「拖来軽し」の「拖」は引きずるということです。しどけない格好をして外へ出て、下駄を軽く鳴らして、「花屋さん」といって呼び止めて花を買う。この袖の中にはチャラチャラお金が鳴っているわけです。

「金銭」というのは、今はむき出しの「おかね」という意味に用いますが、これは発音するときれいな言葉なんですよ。中国語では「チンチェーン」というんです。きれいな音でしょう。だから、この「金銭」という言葉をわざと使っているのも、この詩を美しくするイメージがあるんです。鴨川の東の舞妓さんの寝起きのしどけない、美しい、あでやかな、そういう世界をちょっと描いた。先ほどの大きな川の景色を描いて唐の詩を真似たのと全然違うでしょう。

中島棕隠という人は一七七九年に生まれて、没年が一八五五年というから、幕末の人です。先ほどの服部南郭は約百年も前の人で、一六八三年に生まれて、一七五九年に死んでいます。中島棕隠が生れたのは、服部南郭が死んでからです。服部南郭の時代には、唐の風は盛んに詠われていたけれども、やがて、このように宋風というか、日常の細かい題材を詩に詠うようになった。しかも、この詩を見ますと、「染屐」などという言葉も、多分日本で作ったものではないかと思うし、また、この詩に詠われている材料そのものが、日本的です。花売りの声を詠ったのは既に宋の陸游の詩にあります。しかし、下駄引きずって「花屋さん」という歌はない。こういうような題材こそ、日本の独特の感性であり、美意識だと思う。こういうものが詩になるということを発見して、それで新しい詩を作っているんです。江戸時代の詩人は、このように自由自在に詩を作って、新しい詩の世界を作り出したのだということがお分りいただけたかと思います。

明治期、乃木将軍の詩

ここで扱う乃木将軍の作品のうち、「金州城下作」というのは大変有名な詩ですから、これは知らない人はいないと思うけれども、この詩を本当に理解している人は少ないのではないかと思う。そこで、ちょっとこの詩に力点を置いてお話したいんですが、その前に、「那須野」という詩を見てみましょう。

乃木石樵《せきしょう》。石樵というのは乃木将軍の漢詩人としての号です。田舎のきこりというような意味でしょうな。乃木将軍は、長州の人でありますけれども、生まれは江戸の人です。生まれたのは一八四九年といいますから、ちょうど明治維新のときには数えの二十歳でした。明治維新のとき数えの二十歳ということは、彼の初等、中等教育は江戸の武士として受けたということです。まだ新しい学校制度ができないですから。彼は長州の武士で、江戸の長州屋敷で生まれた。麻布の日が窪というところです。そして、近所のお師匠さんにいわゆる読み書きの勉強を習い、それから塾へ行って、当時の武士が普遍的に、普通に身に付ける武士としての素養をみっちり積んだ。そのころは勉強というと漢文だけですから、漢文の勉強をみっちりしたわけです。

十四歳か十五歳になってから長州に帰って、長州で軍隊の教育を受け、明治御一新になってからは陸軍に入りましたけれども、飛び付き少佐、この人はいきなり少佐になったのです。ずうっと彼の履歴を追ってまいりますと、順風満帆というわけでもないです。しばしば上とぶつかって、免職にもなっていますし休職にもなっています。この「那須野」という詩はちょうど休職中の作品です。明治二十七、八年の日清戦争に従軍した後、二十八年には中将になっています。

その後、明治三十四年に休職になりまして、それでこの那須野に山荘を築いて、そこで隠居の生活をした。その後は御承知のとおり、日露戦争が起こりますと、前線の第三軍司令官、大将になりました。

初期の傑作「那須野」

この詩は明治三十四年に休職になったときの作品ですが、これがなかなかしゃれた作品。

那須野　乃木石樵

寒厨寧歎食無魚
手種新蔬味有余
一縷香烟凝不動
疎簾隔雨読農書

寒厨《かんちゅう》寧《なん》ぞ歎かん　食に魚無きを
手ずから種《う》えし新蔬　味余り有り
一縷《る》の香烟凝《こ》って動かず
疎簾《それん》雨を隔てて農書を読む

自分の山荘の台所を謙遜して寒厨といいました。何もない台所だけれども、どうして食べ物に魚がないことを嘆こうか、魚がなくてもいいという意味ですね。この「食に魚無きを」というのは、中国の有名な故事を踏まえています。孟嘗君《もうしょうくん》という殿様がいまして、食客が三千人いたんですが、その三千人の一人に馮驩《ふうかん》という男がいました。孟嘗君に抱えられたんですけれども、待遇が悪い。そこで、「食に魚なし」と言ったんですよ。そうしたら食卓に魚が出てきた。次に、「出るに車なし」と言ったんですね。そうしたら車が用意された。すると今度は「住むに家なし」と言った。どこまでこの男は要求するんだ、けしからぬと言って周りの人は怒ったんですが、孟嘗君はまあまあと言って全部要求を聞いてやったんです。その後、この馮驩が大手柄を立てることになります。食客三千人の中には鶏鳴狗盗などというのもいたんです。

その馮驩の有名な故事をそれとなく用いまして、

寒厨寧ぞ歎かん　食に魚無きを

昔、馮驩は孟嘗君に対して待遇が悪いと言った。食べもの、魚がないぞと言ったけれども、私はどうしてそんなことを嘆こうか、食べ物に魚がなくてもちっとも構わないよ、と。

手ずから種えし新蔬　味余り有り

自分の手で植えた新しい野菜、蔬は野菜です。おいしい味がある。「味余り有り」とは、たっぷりとした味があるということですね。このように、前半の二句では、貧乏暮らしではあるけれども、それなりに楽しんでいるという様子を描いている。

一縷の香烟凝って動かず

香をたきます。その香からすうっと煙が立ち上るのを「縷」といった。「縷」というのは細い糸という意味ですから、細い糸のような煙がすうっと立ちのぼる、じいっと凝って動かない。風もない、静かな山荘の書斎。

疎簾雨を隔てて農書を読む

「疎簾」は、まばらなすだれ。これも貧乏暮らしという意味があります。立派な家だったら疎簾ではないんです。まばらで間がすいているすだれという意味です。そのすだれを通して見ると外は雨が降っている。だから今日は農作業はできない。そこで、部屋の中にこもって本を読んでいるんです。晴耕雨読という言葉がありますけれども、それを描いている。その読む本は何かというと、農書なんですね。第二句で、「手ずから種えし新蔬」といっている。自分で農作業をしているということを詠っていますから、農書を読むというのがうまく合っているわけです。ほかの本を読むのではない、農業の本を読むんだと。自分は野に下って田舎でこういう隠居の暮らしをしているんだ、ということをちょっと誇らしげにさえ詠っている歌です。

この歌はなかなかよくできておりまして、「金州城」の次にいい詩だと思います。これは何風かといいますと、実は江戸から明治にかけて人々が読んだ本の中に『三体詩《さんていし》』というのがあるんです。この「体」という字を「テイ」と読むのは、「体裁《ていさい》」「風体《ふうてい》」などというのと同じ、呉音読みです。この三体というのは、七言絶句と五言律詩と七言律詩です。何故これを三体というかというと、詩の形式のうち、この三つが最も主なものなんです。中でも七言絶句が一番作りやすいんです。

皆さんの中にも漢詩をお作りの方もおられると思うが、まず七言絶句を勉強するでしょう。七言絶句を勉強して、進んでくると対句の稽古をして律詩に進む。律詩に進むときには、字数の少ない五言の方がやさしいので、五言律詩から入っていく。そして更に進むと、一句が七字の七言律詩です。この三つを全部勉強して身につくと、お師匠さんから免許皆伝になるんです。

そのほかの詩の形は特に勉強しなくていい。しなくていいというより自然にできるんです、ここまでやれば。ということで、『三体詩』という本は非常によく読まれたんです。お手本ですから。いつごろ編纂されたものかといいますと中国の宋末・元初のころ、西暦では十三世紀の終わりです。十三世紀の終わりに編まれて、そして日本に入りまして、五山のお坊様たちが珍重して、そして、ずうっと教科書のようにして読まれたもの。江戸から明治にかけてもずうっと読まれまして、それが身についているわけです。自然に出てくる。『三体詩』の詩というのは、中晩唐の詩です。唐の詩の中では、初唐・盛唐・中唐・晩唐とありますが、中晩唐の詩です。『三体詩』の風が自然に身についてすっと出てくる。

魚《ギョ》、余《ヨ》、書《ショ》と韻を踏んでいる。乃木さんは多分中国語はできなかったと思います。全然中国語を知らないで作ったわけでしょうけれども、中国語で読んでも非常に調子がいいです。こういうことを江戸からずうっと日本人はやってのけているわけです。

乃木さんは、晩年の固いイメージからは一寸想像しにくいんですけれども、若いころ結構遊んでいるんですよ。芸者を上げて遊んだりもしていますよ。それで、明治十三年、十四年のころにはたくさん漢詩を残している。演習に行っては作ったりしている。おもしろい詩があるんです。富士山の裾野で演習をやった。富士山を女性に見たてた。というのは、木花開耶姫《このはなのさくやひめ》というのが富士山の神様です。それで、富士山を女性に見たてて富士山と同衾するなどといって面白い詩を作っていますよ。やわらかい詩です。こういうような時代もあったんですよ。

それで、調べてみますと、ドイツに留学したりしたころは作っていませんからところどころ切れていますけれども、大体ずうっと作っています。日記の端に書いてあるんです。乃木さん自身は自分は詩人だと思っていない。武士の素養として詩を身に付けたから、日記を書くときにちょっと端に書いた。今二百七十ぐらいの詩が残っていますけれども、これを見ますと、ちゃんと平仄も合い正しくできているのは、七十首しかないですよ。あとはどこか違う。ちょっと違う。字引もなく、ただ頭の中で作るから、平仄はちょっと怪しいところがある。

あの夏目漱石先生でさえ、二百四、五十首の作品中、三つ違っています。夏目漱石は相当力を入れて作っているんですけれども、それでも平仄の間違いが三つぐらいある。乃木将軍に至っては二百七十のうち二百違っている。私が今から直すわけにもいかないんですけれども、直してあげたかった。本当は、傍らにしかるべき人が付いていて、将軍、ここは違いますよ、といってちょっと直してあげれば、立派なものがたくさん残ったのに、ね。残念ながら将軍に自覚が足りなかった。自分が相当の詩人であるという自覚があったら、もうちょっとやったと思うんですけれども、そういう自覚が足りなかった。けれども、本当はこの人は詩人です。

名作、「金州城下作」

何よりの証拠に、今の作品もそうだし、これから見る「金州城下作」、これがすごい作品で、こんなものはまぐれではできませんよ。相当の才能がなければできません。

金州城下作　乃木石樵

山川草木転荒涼　山川草木転《うた》た荒涼

十里風腥新戦場　十里風　腥《なまぐさ》し新戦場

征馬不前人不語　　征馬前《すす》まず人語らず
金州城外立斜陽　　金州城外斜陽に立つ

明治三十七年六月七日の日記に書いてある。その当時、どういう状況であったかというと、五月二十六日にこの辺りの戦争が終わったんですね。大変な激戦でありまして、南山という山の攻防をめぐって、息子の長男の勝典がここで死んでいます。それから二〇三高地では次男の保典も死んでいます。息子は二人とも日露戦争で亡くなっちゃったんですね。自分の部下もたくさん死んでいます。その激しい戦闘が終って、まだ日本とロシア両軍の死骸がごろごろしている、そういう中に立って作ったものでありますから、この作品は本当に迫真性があるわけです。作りものではない。

山川草木転た荒涼
十里風腥し新戦場

山も川も草も木も転た荒涼、「転た」は強めです。いよいよ、ますます荒涼として、十里四方風が腥く吹いて、ここは新戦場なのである。その「新戦場」というこの言葉に実は注目しなければならないんですね。

その前に、乃木さんは初め日記には「山河草木」と書いたんです。「山川草木」じゃない。

「山河草木転荒涼」と書いたんです。そして、後で直したんです。「山河草木」と言っても「山川草木」と言っても意味は同じでしょう。では、どうして直したかということです。「山河草木」と言ったときに人々の頭にすぐ浮かぶ昔の人の詩は何かというと、杜甫です。杜甫の有名な「春望」に、

国破山河在　　国破れて山河在り
城春草木深　　城春にして草木深し

と言って山河と草木が一緒に出てくるでしょう。この詩はだれでも知っていますよね。この詩がどうしても頭に浮びますから、杜甫の描いた長安の都の荒れた様子というものがただよってくるような、そういう仕かけになってくるわけです。

では、なぜ「山川草木」に変えたかというと、次の文章を見てください。これは、唐の李華という人の「古戦場を弔うの文」という文章であります。大変な名文でありまして、『古文真宝』に載っております。この『古文真宝』というのも、江戸から明治にかけて書生が必ず読んだものです。文章編と詩の編と両方ありまして、文章編の中にこの李華の「弔古戦場文」が入っています。これを見ますと「山川」という言葉が出てくる。

弔古戦場文　李華

主客相摶、山川震眩。声拆江河、勢崩雷電。至若窮陰凝閉、凛冽海隅、積雪没脛、堅氷在鬚。鷙鳥休巣、征馬踟躕。

主客相い摶《う》ちて、山川震眩《しんげん》す。声は江河を拆《さ》き、勢いは雷電を崩す。窮陰《きゅういん》凝閉して、海隅に凛冽《りんれつ》たるが若《ごと》きに至りては、積雪は脛《すね》を没し、堅氷《けんぴょう》は鬚《ひげ》に在り。鷙鳥《しちょう》も巣に休み、征馬も踟躕《ちちゅう》す。

敵味方が戦争して、山も川も震えるぐらいすごい戦争だという。どうですか。「征馬」という語も出てきた。「征馬前まず人語らず」という乃木将軍の「征馬」という言葉も、「弔古戦場文」の文から出てきていることがわかる。ということで李華の「弔古戦場文」というものを意識しながら、俺のは、「古戦場」ではなくて「新戦場」の詩なんだ、というのが、乃木将軍の詩の第二句の意味なんですよ。このことをやはり、ちゃんと気づいてあげなくちゃいけないんですね。「十里風腥し新戦場」。

それからもう一つ、日本人が誤解しているのは十里という距離なんです。日本の一里は四キロもある。そうすると四十キロもあって相当広いじゃないかと思うでしょう。そうではない。中国の一里は五百メートル足らずです。したがいまして、十里というのは五キロ足らずです。ごくごく狭いです。だけど、そのごくごく狭いところでもってものすごい戦争が行われて、そこにもここにも死骸がごろごろしているから、風が吹くと腥いのであります。これは本当のことなんですよ。広い戦場にごろごろと転がっているのとは全然迫力が違うでしょう。そういうことを知らない人が解説しているのを見ますと、広々とした戦場に、などと書いているけれども、これは大間違いで、狭い戦場。そこで激戦が行われたんです。そして、自分が立っているのは古戦場ではなく、今終わったばかりの新戦場の歌なのである。五月二十六日に占領して、ようやく戦争が終わったでしょう。まだ十日ぐらいしか経っていません。

征馬前まず人語らず
金州城外斜陽に立つ

この「征馬」は今言ったとおり、李華の「弔古戦場文」の文章にも出てくるし、また、「征馬不前」という言葉の裏には、韓愈の「左遷至藍関示姪孫湘（左遷せられて藍関に至り姪孫湘に示す）」という有名な七言律詩がありますが、その中に、「馬不前」という言葉が出てくる。これなどもちょっと頭に浮かぶんです。この「不前」というのは「前」という字が書いてありますが、「すすむ」と動詞に使っているんですね。

最後の句は何のてらいもなく、何の技巧もなくすっと、自分は今、この金州城の外でじいっと立っていると、ちょうど夕陽が沈んで、――赤い夕陽の満州というけれども――この満州の赤い日がずうっと沈んでいって、その赤々とした夕陽に照らされた将軍の姿が浮かんでくるわけです。こういうのは、巧まずして作ったものであるだけに、人の心を打ちます。これは一生懸命うまい詩を作ろうと思って作った詩ではないんです。すっと出てきたんですね。

辺塞詩の最高傑作

このような、野球でいうとホームランにもなるような、そういう作品ができるということは、相当の心得がなければできないわけでしょう。いくら詩心があっても、基礎がなければまぐれもできません。乃木将軍の場合には、先ほど言いましたとおり、みっちり武士としての素養を積んでおり、また、将軍自身が相当詩の才能があった、本人は気が付かないけれども。ただ、こちこちの人生だけではない。若いときには結構でたらめもし、遊びもした、これも肥しになっている。順風満帆の出世街道を行った人でもない、ときどきは休職というようなことになって、憂目も見ている。こういうような紆余曲折、風雪を経ているから、最後に、自分の子どもも死ぬ、かわいがっていた部下もたくさん死ぬ、そのぎりぎりの状況に立ってこういう作品が出たんですよ。本当にこの作品などは、天の与えた作品と言っていいですね。私をして言わしむれば、これは日本の漢詩の最高峰の一つです。日本人は戦争の詩はあまり上手ではない。なぜかというと、日本の戦争というのはみんな内戦です。ところが、中国の場合は、西あるいは西北の方は砂漠でしょう。そういうところで異民族と血で血を洗うような激しい戦争をしているから、戦争の詩が多いです。傑作も多いです。戦争の詩のことを辺塞詩といいます。

辺塞というのは国境の砦という意味です。日本人は、この辺塞詩は上手ではない。というのは、そういう体験がない。風土も違う。だから、まねをして作ってもうまくいかなかった。そこへ、このようにはからずも日露戦争で、自分が中国のそういう荒涼としたところへ行くという体験をしたわけでしょう。そういう体験の下に、今言ったようないろいろな条件が備わって、辺塞詩の最高傑作ができたと思います。

なお、第三句の「征馬不前人不語（征馬前まず人語らず）」のような語法を「句中対」といいます。上の四字と下の三字が同じ構造になっているでしょう。句中対、句の中が対になっている。これは作品をなめらかにする効果がある。一面、これは非常に深刻な固い題材ではありますけれども、古典を巧みに踏まえ、そしてなめらかにするような技巧もこらされていて、すうっとできた。これは恐らく本人が技巧をこらそうと意識して作ったわけではないと思います。それで結果としてはそういう作品になっているんです。すばらしい作品です。

第八章

漢詩と歴史

司馬遷と『史記』

今回は「漢詩と歴史」ということでお話をしますが、中国で歴史といえば、これは当然司馬遷の『史記』ということになるでしょう。

かつて、武田泰淳さんが戦争中に司馬遷の『史記』について著した。これは大変な名著として知られておりまして、戦後も復刻が出ましたが、あれはなかなか見事なものです。あの本によって、司馬遷の人間像が一般に理解されるようになったといってもいいほどです。

司馬遷という人は大変な人でありまして、今から二千百年も前の人でありますが、その文章は中国最高の散文ということになっています。中国は非常に早く詩も文章も発達しました。詩でいうと、一番古いのは『詩経』ですが、紀元前十二世紀ごろの詩が伝わっているのです。

『詩経』という経典になったのも紀元前六世紀ころ、孔子が生まれる前です。そのころに、もう『詩経』はできていた。随分古いですね。

それに対して、散文の方はどうかというと、いろいろな散文がありますが、例えば思想の散文でいうと『論語』とか『老子』。これは非常に古いものでありまして、文章も簡潔ですが、やがて『孟子』とか『荀子』とか『韓非子』とかになってきますと、文章が複雑になってきて、物語性も非常に出てきて、読物としてもおもしろいものになる。

それから、歴史の方の散文でいえば、『春秋』という切れ切れの文章の記録のようなものが一番古い。『春秋左氏伝』あるいは『戦国策』あるいは『国語』、こういったものが出て、だんだん文章も長くなり、詳しくなっていく。そういうことで、散文の方もずっと発達いたしまして、そして司馬遷が紀元前一四五年の生まれでありますから、『史記』は大体紀元前一〇〇年ごろのものと考えていいと思います。

ですから、中国の散文の完成はもう紀元前なのです。すごいでしょう。こんな国はほかにはないと思う。残念ながら、日本はまだまだ虎の皮の褌で山野を駆けめぐっていたころでありますが、そのころに中国では思想の花も咲き、諸子百家、詩のほうでは『詩経』から『楚辞』、『楚辞』から五言詩が出て、漢の武帝のころには音楽の役所までできた。音楽の役所でもって全国から歌謡を集めた、こういうことも行われていたのです。

かくして、武帝の時に、司馬遷の『史記』が出て、散文の最高の成就に至りました。『史記』

は文章としても大変すばらしい。文学としてもすばらしい。歴史としてもすばらしいことはもちろんです。歴史としては何よりも、歴史観が新しいのです。大まかな言い方をしますと、司馬遷より前の歴史観というものは、「歴史は人間が動かすものではない。天が動かすものだ」という「天命」という考え方による。天の意思で世の中は動いているのだという考え方です。それを司馬遷は『史記』の中で、「そうではない。歴史を動かしているのは人間である。さまざまな階層の人間がいて、偉い人もいれば偉くない人もいる。いい人もいれば悪い人もいる」と、そういういろいろなものを採り上げて、そして時代を彩る者に光を当てて、総合的に描いた。だから、すばらしい歴史ができたわけでしょう。運命に人間が翻弄されるところもよく書いてある。ちょっとしたことでもって歴史が変わるという、その変り目を鋭く衝いてもいる。

駱賓王「易水送別」詩

これからお話しする荆軻《けいか》ですが、秦の始皇帝がまだ皇帝になる前の秦王の時代に、荆軻が暗殺に行ったのです。あのときに、ちょっとでも刃が当たっていたら歴史は変わっていたのですが、それができなかった。その理由も司馬遷はちゃんと書いています。

詩を見ながらお話ししましょう。『易水送別』という駱賓王《らくひんのう》の詩です。駱賓王は初唐の人、およそ西暦七〇〇年ごろの人です。

易水送別　駱賓王

此地別燕丹　此の地　燕丹《えんたん》に別れ
壮士髪衝冠　壮士　髪　冠を衝《つ》く
昔時人已没　昔時《せきじ》　人已《すで》に没し
今日水猶寒　今日　水猶《な》お寒し

駱賓王がこの詩を作ったのには背景があります。彼は詩人としても有名ですが、なかなか硬骨漢だったのです。その当時、世の中が騒然としておりましたが、このときの皇帝は中国の長い歴史の中で唯一の女帝だった則天武后です。則天武后、ご存じでしょう。もともとは皇后だったのですが、息子が位についたのを廃嫡して、自分が皇帝になった人です。日本では女帝は何人かおられますが、中国では女帝はこの人だけです。

この人は非常に詩人をかわいがったり、いろいろ文化政策をするというといい面もあったけれども、悪い面もあった。その悪い面というのは、はっきり言うと身持ちが悪かった。男妾に狂ってしまった。もういい年だったんですよ、八十歳。男妾をかわいがったんですが、その男妾が悪いやつで、世の中が乱れてきたのです。

それに対して、当然反抗勢力が起こりました。駱賓王もその一人です。そして則天武后を弾劾する檄文を書いたのですが、その檄文がすばらしかった。則天武后がそれをつくづく見ました。自分の悪口を書いてあるのですよ。そして、その文章を見て、「これほどの人物を召し抱えなかったのは私が間違っていた」と。つまり、才能がある者はすべて自分の手元に置くべきだったのに、野放しにしてしまった、と嘆いた話が伝わっています。結局、そのクーデターは失敗します。この詩は、そのクーデターを起こしに行く相棒を見送った時のものらしい。後に、駱賓王自身もクーデターに参画し、とうとう行方知れずになって、姿を変えて……という話もありますが、これは置いておきましょう。

さて易水の地で、昔、燕の太子丹と別れたあの荊軻。ますらお、荊軻の髪の毛は怒りのために冠を衝くほどであった。「怒髪天を衝く」とか「怒髪冠を衝く」という言葉がありますが、それです。人間は怒ったり、興奮したりすると、毛穴が締まる。そして、髪の毛がガーッと立つというのです。これはちょっと大げさだと思いますが、気分はよく出ています。ヤマアラシみたいに髪の毛が立つから、冠が持ち上がるという、これが「怒髪冠を衝く」という言葉なのです。中国人はこういう言葉が大好きです。日本人はあまりこういう形容は考えつかない。

「昔のあの人たちはもう既に死んでいない。今日、そのときも流れていた易水の水だけがなお寒々と流れている」。簡単な詩です。

易水で荊軻が燕の太子丹と別れて、秦王を暗殺しに出かけてから駱賓王の時代まで大体どのくらいたっているかといいますと、約千年たっています。駱賓王は西暦七〇〇年ごろの人、始皇帝が天下を統一したのが紀元前二二一年という年ですから、「あれから千年、昔の人たちはみな死んだ。しかし、水だけが寒々と流れている」といって、則天武后に反旗を翻して出かけていく友人を、昔、荊軻が送られたと同様に送っているわけです。

次に掲げたのは、『史記』の荊軻伝に書いてある、そのとき荊軻が詠った詩だと言われているものです。

風蕭蕭兮易水寒　　風蕭蕭《しょうしょう》として易水《えきすい》寒し
壮士一去兮不復還　　壮士《そうし》一たび去って復た還《かえ》らず

「風が蕭々ともの寂しく吹き、易水の流れは寒々と流れていく。今、ますらおはここを立ち去っていってしまえば、もう二度と帰ってこない」

「復た還らず」というのは強い否定で、「二度と帰ってこない」という意味です。たった二句です。でも、ちゃんと韻を踏んでいます。カン、カン。寒と還。

これは荊軻が詠った詩です。その詩の文句を巧みに駱賓王が使って、千年後の送別の場合にこれを活用したわけです。

駱賓王の易水送別の方の韻も注意しておきますと、タン（丹）、カン（冠）、カン（寒）。第一句も韻を踏んでいる。燕の太子の名前、丹ですね。

秦王暗殺事件

　さて、秦の都の咸陽は今の西安の近く、燕という国は現在の北京に都があったのです。ですから、今の北京あたりから、西安のあたりまで荊軻は暗殺に出かけるわけです。燕の太子丹がかつて人質として秦の国にいたときに、酷い扱いを受けたので、それを根に持って何とか仕返しをしたい。そこでだれかいないかといって、白羽の矢を立てられたのが荊軻であります。

　荊軻はもともとは衛という国の人でありますけれども、燕の国に来ていたのですね。評判高い、いわゆる血気盛んな頼るにたる人物であると聞いて、燕の太子丹が白羽の矢を立てた。そうしたら彼は「よろしい」と言って引き受けたのですが、なかなか行動を起こさなかったんです。やきもきして、「早くやってください」とせかしたりしています。

　そのときに、荊軻が秦の王様を暗殺しに行くのを引き受けたけれども、条件があると。ただ会いに行っても会ってはくれない。それはそうです、よその国の人間が王様に会いたいと言ったって、おいそれと会ってはくれません。お土産を持っていきたい。そのお土産の一つは、秦の樊於期《はんおき》という将軍が始皇帝に逆らって燕の国に亡命していた、その人の首を持っていきたいと。さあ、困った。首を持っていきたいといったって、人の首ですからね。「私が交渉してみましょう」と、樊於期将軍のところに行って「死んでください」と。そうしたら、将軍は「よし、よし。ハッハッハ」と笑って死んでくれたんです。「私の首が役に立つなら、いつでもあげよう。燕の国には随分お世話になったから、この首がそんなに役に立つならくれてやる」と言って死んでくれた。その首を塩詰めにして、箱に入れて、これで一つお土産ができた。

もう一つは、領土も割譲してやってもらいたい。秦の王様は貪欲な人間であるから、燕の領土をやるといったら喜んで会うだろう。昔は皮に地図を書いたのですが、「この部分をあげます」という地図を書いて、その皮の芯のところに匕首を隠す。この匕首には猛毒を塗っておく。その猛毒の効果は死刑囚で実験済です。

そのお土産を持って出かけて行くのですが、介添えが要る。それで、今でいうところのプロレスラーを雇って行ったのです。そして、いよいよ易水のほとりで送別会が行われたわけでありますが、これは秘密ですから、一部の限られた人だけ集まった。全部、白装束でした。なぜかというと、暗殺をするということは、失敗すればもちろん殺されるけれども、成功しても殺されます。失敗しても、成功しても殺されるのが暗殺です。ですから、この人は死にに行くわけです。死にに行く人を見送るのですから、みんな白装束をしたのです。そのときに、「風蕭蕭として易水寒し」という詩を荊軻が詠います。そうすると、高漸離《こうぜんり》という友人が今でいう三味線のようなものを弾く。なお、この高漸離も後に仇討ちをするという余談があるのですが、この話も割愛しましょう。

いよいよ見送られた荊軻は真っ直ぐ行って一切振り向かない。これは一つの礼儀らしい。死にに行く人は振り返ってはいけない。さて、咸陽までは相当遠いですから、大分日にちがかかって行ったことでしょう。そして秦王に面会を申しこんだ。実はこういうお土産を持っております、と。秦王は喜んで「会おう」ということになった。謀叛した、憎い将軍の首がある、領土を譲ってくれる、よしよしということで、とうとう目的どおり荊軻は秦王に会うことができた。ただこの時、秦王は始皇帝になる前で年が若いです。年が若かったことが秦王には幸いしたのです。

いよいよ宮殿にのぼった。そうしたら、雇ったプロレスラーがあまりにも緊張してガタガタ震えて、オシッコをちびってしまった――とは書いてはいないけれども、多分、ちびったのではないかと思う。

それで真っ青になった。そこで怪しまれたんです。「おかしいではないか」と。荊軻は「実はこの男は田舎者でございますから、こういう立派な宮殿にあがって、緊張のあまり顔色も変わったのでございましょう」とごまかした。こういうときには力持ちは役に立たないです。豪胆な荊軻は顔色も変えず、「これがお土産でございます」と樊於期将軍の首を見せた。もう一つ、地図を「どれどれ」と広げると、芯のところに隠してある匕首が出てきた。そこで荊軻は匕首をつかんで刺した。このとき、ちょっとでも触っていれば即死したのですが、ところが相手は若かった。ハッと引いた。もし、秦の始皇帝があと十年歳をとっていたら、触ったかもわからない。若かった。おまけに、天子はダブダブの服を着ているでしょうから、肉体までは届かなかったんです。

それから、もう一つ、司馬遷が最後に書いていますが、荊軻は若いときに剣術の稽古をしなかった。剣術の稽古をバカにしていた。これが命取りだったのですね。もし若いときに剣術の稽古をしていたら、し損じなかったと思います。普段、筆しか持っていないような男だったのでしょうね。いくら豪胆でも腕の方はだめだ。もし、それが当たっていたら、歴史はガラリと変わっていたのですがね。秦の始皇帝はないわけですから。

秦王はパッと引いて、そこで鬼ごっこが始まった。秦王は逃げ回る、荊軻が追いかける。家来はどうしたかというと、家来はたくさんいたのでありますが、秦の宮殿の規則では、殿上に上がるときは全部武器を置いていかなければいけないので、武器がない。あれよあれよといって、結局どうにもできない。そのときに、一人だけ冷静な男がいた。これが医者なのです。侍医がいつも薬の革袋を持っているので、それを荊軻に投げつけ、それが当たって、荊軻はころんでしまうのです。

秦王は刀を持っているのですが、秦王の刀は大きな刀で、抜こうと思っても抜けない。そのときに、冷静な家来が一人いて、「陛下、背負って抜きなさい」。なるほど、これだったら抜きやすいですね。それで、背負って抜いた長い刀で、薬袋を投げつけられて転んだ荊軻に切りつける。最後に荊軻は匕首を投げるのであります。ここでも、もし当たっていたら歴史は変わ

荊軻と秦王（『金石索』より）

っていたのですが、銅柱に当たったのです。それで、結局、暗殺は失敗した。

彼は最後に「カンラ、カラカラ」と笑ったのです。すごい笑いですね。秦王に切りつけられて、もう八カ所も傷があって、血がダラダラ流れていて、それで笑った。「おまえを生け捕りにしようと思ったからしくじったのだ。殺そうと思ったらしくじらなかったのに」と最後まで負け惜しみを言って、とうとう殺されてしまった。これが荆軻の暗殺事件でございます。

これを司馬遷は、その場にいたかのように書いております。もちろん、司馬遷の生まれる約九十年くらい前のお話です。司馬遷はお父さんが歴史の役人でしたので、自分も歴史の役人になるということを自覚しておりまして、二十歳のときに、諸国を経めぐったのです。浙江省の会稽へ行って禹《う》の穴を見たり、あるいは九疑山に行ったり、山東省に行って孔子のお宮を見たりしている。その足跡は、紀元前のあの時代に、よくもこれだけ歩いたなと思うくらい広いです。その行く先々で、現場も見た。例えば、鴻門の会の現場も見た、それから項羽と劉邦が大戦争をした大きな地溝がある、その地溝のところに行ってみた。そして、土地土地にまだ生き残っている古老に直接話を聞いた。実際にそれを見た古老はさすがに相当年をとっていますのでもういないと思いますが、その古老から話を聞いた息子がまだ生きています。あるいは、その時若い人で古老から話を聞いた人は随分いたと思う。そういう人から聞いた話をずっとメモをとっていた。だから迫真的な、生き生きとした場面が描けたと思います。『史記』という文章が単なる歴史の文章ではない、優れた文学作品だといったのは、本人の努力の結果だと思います。才能ももちろんありますが、絵空事で書いたのではない、だから非常に迫真的です。荊軻が追いかけ、秦王が逃げる、決死の鬼ごっこの様子など、実によく書けています。最後に投げて、それが銅柱に当たったなんて、思わずカランと音がしたのではないかと思うくらい、音が聞こえてくるような描き方をしています。

秦始皇帝の天下統一

秦の始皇帝という人物は、これまたおもしろい話で、本当は秦の王様の血筋ではないのです。この人の本当のお父さんは呂不韋《りょふい》という商人です。どうしてそういうことになったかというと、秦の昭王という王様がいたのですが、これがもう老人だった。跡継ぎの太子が死にまして、次男坊の安国君が皇太子になる。ところが、次の王様になるべき安国君という人の正妻には子どもがいなかった。華陽夫人というのです。安国君自身には男の子が二十何人います。そのうちの一人がよその国に人質になっていた。それに呂不韋は目をつけたのです。「奇貨居くべし」というのはここから出てきた言葉です。すばらしい宝物だ、これは大事にしなければといって一計を案じた。それは安国君という、次の王様になる人物の正妻・華陽夫人に子どもがいないので、跡継ぎはだれにするかという問題が当然起こってくる。いろいろな女に生ませた子どもが二十何人もいますが、そのうちの一人が人質になっている。これに金を与えて、人を招かせて、いわゆる孟嘗君《もうしょうくん》とか平原君《へいげんくん》とかの大親分のように、人にふるまってご馳走をさせた。そうすると名声が高くなる。名声を高くしておいて、一方、華陽夫人をたきつけて、「奥様はお子さんがいらっしゃらない。跡継ぎの問題が起こったときにどうしますか。今はあなたはお若くて、かわいがられているかもしれないけれども、その跡継ぎの母親の方に愛が移るかもしれませんよ」と言った。「なるほど。では、どうしたらいい？」「実はいい考えがあります。今よその国に人質になっているあの皇子はいいですよ。あれに肩入れしなさい。あれに肩入れして、大事にしてもらえば、あなたの一生は大丈夫です」といってたきつけたわけです。

結局、それはうまくいくのですね。

　その皇子は後に荘襄王という王様になるのですが、実は、この人物が呂不韋のかわいがっている妾を気に入って、くれというのです。いくら何でもやれないと最初は怒ったのですが、よく考えてみたら、これはいい考えだと思い直して、その妾を譲るのです。そのとき、既にその女性は妊娠していたのです。妊娠していたのを隠してやった。ですから、呂不韋が本当のお父さんなのです。そういういきさつがあります。自分が孕ませた女をやって、それで生まれた子どもが王になる。

　安国君が即位して孝文王、その子どもですから荘襄王ですね。その荘襄王の子どもが始皇帝ですけれども、本当は呂不韋の子だという、こういうような血筋の疑いがあるのですが、公然の秘密でありまして、今だれでも知っている話です。

　始皇帝はおじいさんとお父さんが早く死んでしまうのです。ひいおじいさんに当たる昭王は五十六年間も王様の位にいましたが、その次の孝文王（安国君）は一年で死んでしまいます。安国君に選ばれた皇子も三年で死んでしまうというわけで、秦の始皇帝が跡継ぎになったときはまだ十歳くらいの子どもだったのです。十歳くらいの子どもの後見人として呂不韋は秦の国一国を左右してしまう。「お父さんに次ぐ人」という名前ももらってしまいます、本当のお父さんなのに。

そういうことで秦の始皇帝が位についたわけでありますが、この人物はなかなか相当な人物だと思います。六つの国々が秦の国に敵対していたのを一つずつ滅ぼして、ついに全部滅ぼして天下を統一した、これが紀元前二二一年という年であります。中国の歴史始まって以来、最初の大きな中央集権国家を作った人です。「秦」の字の「シン」という音が、ずっとシルクロード沿いに西の方へ伝わって、英語では「チャイナ」、フランス語では「シーヌ」、ドイツ語では「チーナ」になったのですね。現代中国語では「チン」といいます。

このシルクロードはずっと西へ開けて、遠くはローマ、それからその中ほどにはペルシャ——このように西のものがどんどん入ってきたことが中国の社会に大きな刺激になっているわけです。詩の世界でいいますと、漢の時代には一句が五字の五言詩です。五言詩は、『詩経』の詩の形とも違うし、『楚辞』の詩の形とも違う。どこから出てきたかよくわからない。そこでいろいろと考えてみますと、秦の始皇帝のときに、西にずっとシルクロードが開けて、いろいろな楽器が入ってきたらしい。そのとき入ってきた楽器の一つがハープです。箜篌《くご》といいます。楽器が入ってきているということは、音楽が入ってきている。その音楽の中に、五字のリズムのようなものがあって、それが定着して、五言の詩ができたのではないかというのが今日の説です。そんなわけで、秦の始皇帝が開いたシルクロードがそういう文化的な働きをしているわけです。

逆に中国からは、何が出ていったか？　絹です。だから、シルクロードというのです。中国から絹が出て、向こうからいろいろなものが入ってきたのですが、なかでも馬が入ってきた。中国の馬は胴体が長くて、足が短くてあまり速くない。ところが西の方のペルシャの馬は非常に引き締まって、足が長くて、皮が透けている。だから、「汗血馬」といいます。汗が出るのですが、血のように見えるから、汗血馬。漢の武帝はこの汗血馬が大好きで、自分で詩まで作っています。そういうことで、馬から何から、いろいろなものが西から入ってきたんですね。

さて、秦の始皇帝は天下を統一していろいろ改革した。万里の長城を築いたのもその一つでありますが、文字の統一が大きいですね。いろいろな国々で別々に文字を使っていた。ところが、天下を統一すると、中央からお触れを出す。そのお触れを出すときに、文字がばらばらだったらうまく伝わらないでしょう。そこで、李斯という人が新しく「隷書」と「篆書」を作った。隷書は奴隷にも書かせることができるという簡単な筆画だと。今日から見ると必ずしも簡単ではないですけれども、楷書の先祖になっている隷書。それから篆書、これは小篆というやつですね。よくハンコに使う字です。この隷書と篆書を定めたのが李斯という男です。始皇帝の命令を受けて、字を作って統一した。これは大きな事業ですね。このことによって、お触れも出しやすくなっただけではなくて、いろいろな文化的な活動が盛んになってきています。これが爆発するのが、司馬遷のころなのです。司馬遷の散文がこのように熟成したという大きな背景には、秦の始皇帝が天下を統一して、文字の統一を図ったということがあります。詩の方ではどうかというと、五言詩が起こってくる。それから、「賦《ふ》」という文学も起こってきます。

こういったことによって、いろいろな文化現象が秦の統一から八、九十年経ってワーッと起こってきた。これを、私は「第一回目の文字の爆発」と名付けています。遠く殷から春秋、戦国、ずっと蓄えられてきた各地の文化エネルギーが、ばらばらであったものが統一されて、そして文字の統一によって一気に爆発した。いろいろな文学がワッと出た。そのうちの一つが司馬遷の『史記』だというふうにとらえることができます。

秦の国は結局十五年で滅びてしまいます。圧政をした、その一番大きなものは「焚書坑儒」です。自分の気に入らないことを書いた本は焼け、自分の気に入らない学者は穴を掘って埋めてしまえ。乱暴ですね。これは今日でも文化の大破壊ということで評判が悪い。

このようなことや、いろいろな圧政をしたことによって、始皇帝が死ぬのを待ち構えていたように所々方々から反乱の火の手が起こりまして、たちまちのうちに世の中はまた乱れて、秦の始皇帝の天下統一はわずか十五年で崩れてしまいます。

項羽と劉邦の相克

その次にあらわれて来たのが、項羽と劉邦であります。この二人が秦の後、勢力争いをしまして、最後は劉邦が勝つ。最初は項羽が勝って、劉邦がやられるという場面も何回かあった。一番有名な鴻門の会のときには、劉邦はわずかな手勢を連れて、項羽に謝りに行ったのです。いわば丸腰で来たのです。項羽の参謀に范増《はんぞう》という老人がいて、「殺せ、殺せ」と合図しているのに、項羽は踏み切らなかった。あのとき殺していたら、また歴史は変わったのですが、ょう踏ん切らなかった。そして、とうとう劉邦は「おしっこに行きたい」と言って逃げてしまったんです。これは生理現象だからしようがない。そのままドロンしてしまった。それで助かった劉邦が巻き返しをして、最後には反対に垓下で項羽を追い詰めたでしょう。この「垓下の歌」というのは、追い詰められた項羽が「四面楚歌」を聞いてもう覚悟を決めた時の詩です。

垓下歌　項羽

力抜山兮氣蓋世　力は山を抜き 気は世を蓋《おお》う
時不利兮騅不逝　時利あらず騅逝《すいゆ》かず
騅不逝兮可奈何　騅の逝かざる奈何《いかん》すべき
虞兮虞兮奈若何　虞《ぐ》や虞や若《なんじ》を奈何せん

ちょっと見にはこれは一句が七字ですから、七言絶句のように見えるでしょう。しかし、よく見ると三字の次に「兮《けい》」という字が揃っている。この兮という字は意味がない字でありまして、調子を整える字。これは楚辞の調子なのです。かつて屈原という大詩人があらわれて『楚辞』というものを集大成した。その楚辞の形式の一つで、上が三字で兮という字が入り、さらに下に三字入る。三言です。「兮」は休止符です。ちょっと見ると七字並んでいるけれども、七言絶句ではないのです。韻の踏み方もセイ（世）、セイ（逝）、切れてカ（何）、カ（何）となっている。

内容は、いよいよ最後の覚悟を決めた項羽が、傍らに健気にも付きしたがってきた虞美人を憐れんで詠っているのです。

「我輩の力は山をも抜くような力であった。我輩の意気は世を覆うほどであった。しかし、時が味方してくれなかった。そして、これに乗って百戦百勝した名馬の騅《すい》もとうとう走らなくなった」

騅が走らなくなった、とは、もののたとえで言っているのですが、「名馬の騅が走らなくなったらどうすることもできない。どうしよう。虞よ、虞よ、おまえをどうしようか。どうしようもできないのだ」

健気にも最後の最後まで付いてきた虞美人でありますが、「おまえの心に報いてやることができないのだ」といっているのです。「英雄、涙あり」――この詩を詠い終わった後、さしもの英雄・項羽もハラハラと泣いたと『史記』に書いてある。

この話は芝居になって、京劇でよく上演しますが、歌舞伎十八番みたいな出し物になっています。『覇王別姫』です。覇王とは項羽のこと。天下の覇王、西楚の覇王、それが虞美人と別れる、別姫。これは出し物の名前です。これをごらんになった方、あるでしょう。私も見ました。いい芝居でしたな。昔、メイランファン（梅蘭芳）という有名な世界的な女形がいましたが、あのメイランファンが演じたときに見ました。髭をはやした項羽が泣くんですよ。そうすると虞美人が剣を持って、最後に自殺する。伝説によると、そのときに虞美人から流れた血が地にしみいって生まれたのが虞美人草という花なんですね。

とうとう、十重二十重に囲まれた項羽は、最後の宴会をし、この詩を詠って、ごくわずかな手勢を率いて切り込む。切り込んで囲みを突破して、逃げた。どこまで逃げたかというと、この逃げたところにも私行ったんですが、安徽省の烏江というところです。そこの渡し場の頭《かしら》が船を用意して待っています。「どうぞ、将軍、お乗りなさい。これに乗れば、向こうはあなたの土地ですから、もう一回巻き返しましょう。捲土重来」。そのときに、項羽はまた「カンラ、カラカラ」と笑うのです。『史記』にはこういう笑いが何回か出てくる。さっきの「首をやる」といったときの将軍も笑ったし、荆軻も最後に殺されるときに笑った。この項羽も、「どうぞ乗ってください」と言われたときに、カンラ、カラカラと笑って、断ってしまう。「天が私を見放したんだ。どこへ逃げたってだめだ。八千人の若者を連れて行ったのに一人も帰らない。若者の父兄たちが、たとえ言わなくても、私は顔向けができない」といって断ってしまうのです。

そういうわけで、彼は頭に丁重に謝絶し、名馬の騅を贈ってやる。いよいよ徒歩《かち》で切りこみです。後ろからかつての部下が追いかけてきます。とうとう最後に、「そうか、おまえたちに儲けさせてやろう」といって、自分で首を切ってしまう。それをワッとたかって、首を持っていく者、左手を持っていく者、右手を持っていく者、バラバラにして持っていって、それぞれ恩賞にあずかってみんな大名になった。こういうことが書いてあるのですが、何と不思議なことに、烏江に行ってみたら項羽のお墓があるじゃないですか。しかも、お墓の中に棺桶まで置いてある。

それはともかく、一方の劉邦は項羽を滅ぼして意気揚々と自分の生まれ故郷に帰ります。山東省と江蘇省の境目の沛《はい》という小さな町です。劉邦は意気揚々と凱旋して、村の古老らをみんな集めて、酒盛りをした。子どもたちを集めて、自分で作った詩を一斉に詠わせたのです。

大風歌　劉邦

大風起兮雲飛揚　　大風起りて雲飛揚す
威加海内兮帰故郷　　威　海内《かいだい》に加わりて故郷に帰る

安得猛士兮守四方　安《いず》くにか猛士を得て四方を守らしめん

項羽の歌よりもっと簡単です。三句しかない。

「大風が起こって、雲が飛び散ったぞ」

これは言うまでもない、大風は自分のこと、雲はライバルたち。

「私の威勢は海内に加わって、意気揚々と故郷に帰ったぞ。どうにかして、猛《たけ》々しい武士《ますらお》を得て、我がこの国土を守らせたいものだ」

天下をとったから、今度はそれを守るんだといって、最後に「安くにか猛士を得て四方を守らしめん」と言った。

簡単な歌ですけれども、大体、項羽も劉邦も勉強は大嫌いです。晩唐の章碣《しょうけつ》に面白い詩があります。

焚書坑　章碣

竹帛煙消帝業虚　竹帛煙消えて帝業虚《むな》し
関河空鎖祖龍居　関河空しく鎖《とざ》す祖龍の居
坑灰未冷山東乱　坑灰未だ冷えざるに山東乱る
劉項元来不読書　劉項元来書を読まず

「秦の始皇帝が焚書坑儒した。気に入らない学者を穴に埋めたり、気に入らない本は焼いたけれども、何の役にも立たないよ。クーデターを起こしたのは本を読む人ではないのだよ」と。劉邦も項羽ももともと本を読む人ではないよと。項羽は将軍の家の出ですけれども、勉強が嫌いで、おじさんが字を習わせようとしたけれども、字は自分の名前が書ければいいのだといって断ってしまった。そういうことで、二人とも詩はこれしかない。

杜牧の「赤壁」の詩

さて、時代がうんとくだり、西暦でいいますと三世紀になります。今までお話ししたのは紀元前三世紀から紀元前二世紀にかけてのお話です。杜牧の作品、杜甫の作品に詠われている時代は三国時代、西暦三世紀です。秦が滅びて、劉邦が漢という王朝を興す。その漢という王朝は二百年続きまして、そしてちょっと切れ目があって、もう二百年続いたのです。前漢・後漢あわせて四百年続いて、そしてまたばらばらな情勢になる、これが三国です。北には魏の曹操、西南には蜀の劉備玄徳、東南の方には呉の孫権、このように三つに分かれた。これを鼎立《ていりつ》といっている。鼎《かなえ》の三本足。

ちょうどこのころが、我が卑弥呼の時代であります。卑弥呼がお使いを出したのが魏の国。『魏志倭人伝』というでしょう。この本には三世紀の日本の様子が書かれています

では、杜牧の「赤壁」を読みましょう。曹操の百万の大群が押し寄せてきまして、天下分け

目の大決戦が行われた。それはどこかというと、洞庭湖と武漢の間の蒲圻《ほき》のあたりと言われています。後に宋の蘇東坡《そとうば》が『赤壁賦』を作っているのは別の場所です。武漢の下流側、黄州です。蘇東坡の勘違いは、実は杜牧から始まった。杜牧は、この黄州へ長官となってまいりまして、ここが昔の赤壁の古戦場だと聞いて、この詩を作った。本当はそうではなかった。

赤壁　杜牧

折戟沈沙鉄未消　　折戟《せつげき》沙《すな》に沈んで鉄未だ消せず
自将磨洗認前朝　　自ずから磨洗《ません》を将《も》って前朝を認む
東風不与周郎便　　東風周郎が与《ため》に便ならずんば
銅雀春深鎖二喬　　銅雀《どうじゃく》春深うして二喬《にきょう》を鎖《とざ》せしならん

折れた矛《ほこ》が砂に沈んでいて、それを拾い上げてみると、まだ鉄が錆びていない。それを水で磨いてみると、これは過ぎにし三国のものであるな。ここは古戦場の赤壁だ。だから、これはあのころの戦争のものではないだろうか。

この前半の二句がまことに奇抜な発想です。普通、赤壁の詩を詠うときには、赤い絶壁の様相を詠ったり、長江の流れを詠ったり、こういうようなことから詠い始めるのが常套的な行き方です。それを杜牧は、「散歩していたら、足に当たったぞ。何だろう。拾ってみた、矛のようだ。水で磨いた、ああそうだ。これはあのころの戦争のものだ」。そこで戦争を思い出す。こういうふうに仕組んだわけですね。

そういえば、あのとき神風が吹いたけど――秋の季節風の西北の風から、東南の風に変った。あの神風がもし周郎のために便でなかったならば、銅雀台の春深く、ふたりの喬という姉妹は手込めに遭っていたであろう。

これはどういうことかというと、魏の水軍が攻めてきたときに、呉と蜀の連合軍が迎え撃った。そのときの総大将が周郎、周瑜《ゆ》という人です。結果は、東南の風が吹いたことによって、その風に乗って、船に柴を乗せ、油をしみ込ませ、火を付けて、曹操の方にぶっつけた。そのために船は焼かれて、曹操の百万の水軍は全滅した。さしもの広い揚子江は人で埋まったというのです。

ともかく、あのとき義経が死ななかったら……というふうに、不利な者がもしそうでなかったら、というのが普通の発想でしょう。それを逆にしたのです。戦争は勝ったんだけれども、「負けていたならば」という発想をして、周瑜の若い奥さんやその姉さんである孫策の奥さんは美人だから二人とも捕まって、もちろん亭主は殺されて、奥さんだけ連れていかれて、銅雀台という贅を凝らした宮殿で曹操に手込めに遭っているだろうという、こういう想像。どうですか、おもしろいでしょう。それは、杜牧の時代には『三国志』はだんだん尾ひれがついてきたという証拠なのです。三国の時代にああいう戦争があったことは事実ですが、どんどん尾ひれがついて膨らんで、曹操という男は悪玉中の悪玉で、ヒヒオヤジということになっているのです。ヒヒオヤジがどうして美人を見逃すものか。だから、きっと手込めにあっているだろうというような発想をしているのですが、これがおもしろいですな。小説的な発想ですね。

杜甫、諸葛孔明を詠う

それに対しまして、杜甫の詩はまじめな詩です。「蜀相」というのは、諸葛孔明のことです。諸葛孔明は劉備玄徳に「三顧の礼」で迎えられて、仕えた。その諸葛孔明のことを詠った。杜甫は晩年、蜀へ放浪して、一時、成都の草堂で仮住まいをしました。成都には諸葛孔明のお廟《みや》があります。諸葛亮というのが本名、字《あざな》が孔明です。「亮」は明るいという意味。「孔明」も孔《はなは》だ明るいという意味です。本名と字とは関連のある字を用います。

蜀相　杜甫

丞相祠堂何処尋
錦官城外柏森森
映階碧草自春色
隔葉黄鸝空好音
三顧頻煩天下計

丞相の祠堂何れの処にか尋ねん
錦官城外　柏森森《はくしんしん》
階に映ずるの碧草自ずから春色
葉を隔つるの黄鸝《こうり》空しく好音
三顧頻煩《ひんぱん》たり天下の計

両朝開済老臣心
出師未捷身先死
長使英雄涙満襟

両朝開済《かいさい》す老臣の心
師を出だして未だ捷《か》たざるに身先ず死し
長《とこし》えに英雄をして涙襟《えり》に満たしむ

「蜀の丞相をお務めになった諸葛孔明先生のお廟はどこを尋ねたらいいのであろうか」とまずこのように疑問を発します。「それは錦官城の外、成都の町の外、柏《はく》の木がしんしんと生い茂るところだよ」。このように、問を設けてこれを答えるというやり方は、実は陶淵明から習ったのですね。陶淵明の詩（三頁参照）に、

君に問う　何ぞよくしかるやと
心遠ければ地自ずから偏なり

というのがあるでしょう。あれを真似た。主題をものものしく引出す効果があります。

「どこに尋ねたらいいであろうか。それは町の外の柏――これは檜ですが、檜がうっそうと茂っているそこだよと。行ってみると、階段に映じている碧い草は自ずから春の色をし、木の葉がくれにウグイスがいい声で鳴いているが、だれも聴く人はいない」。

自分一人がここにやってきているわけです。

「思えば、劉備玄徳が三顧の礼をもって諸葛孔明の出馬を促した。そこで、しきりに天下の

計をめぐらすことになったのだ」。天下三分の計ですね。

「劉備と息子の劉禅、二代の朝廷に仕えて、朝廷を開き、済《すく》ったあの老臣、諸葛孔明の心やいかに。結果としては、軍隊（＝師）を出して、戦争に勝たないうちに五丈原で死んでしまった」。

諸葛孔明は五丈原で死んだでしょう、大きな流星が流れました。

「そのことは、とこしえに後世の英雄をして涙を襟に満たしむるのである」。

泣かせるのである、悲しませるのである。もし、あのとき諸葛孔明先生が五丈原で死ななかったならば、戦争を巻き返してあるいは勝ったかもわからない。しかし、残念ながら亡くなった。あのような立派な方が志中途でなくなったのはさぞかし残念だったろう。そのことは後世の英雄たちを悲しませ、涙を流させるのだ。

こういっておりますが、その英雄の中に自分も含めているのでしょう。杜甫は密かに思ったのです。「俺も世が世ならば、諸葛孔明のような働きができたかもしれない。今のように放浪して、こういう目に遭っている。まことに不本意なことだ」、そういう気持ちがこの詩を作らせたのです。

ご承知のとおり、魏と呉と蜀、この三つは結局魏が勝った。魏のあとの晋が天下を統一して、また一つの中国になります。呉も蜀も結局はやられてしまう。

「判官贔屓」という言葉がありますが、「諸葛孔明が生きていたらな」ということをよく言いますね。杜甫も人々の気持ちを代弁してこの詩を作っています。それにしても、この詩は杜甫の真情の滲み出た、非常に格調正しい詩であります。

跋

平成十一年暮、大修館書店の森田六朗部長が二松学舎の私の部屋へ来て、諸橋轍次著『大漢和辞典』補巻の刊行を機とし、全十五巻の辞典完成の記念講演会を開催することになったので、その講師を引き受けてもらいたい、という。さらに講演会は、北は札幌から南は福岡に至る八都市で、全国縦断的に開催する、講師は毎回二人、うち一人は全部に通して出演する、それをやってくれ、とのこと。

私は即座に応諾した。もともと、私は平成七年より、「漢字文化振興」の活動を、有志とともに展開しており、大修館書店の申し出はむしろ望むところ、八ヶ所の講演はなかなかきついが、それぞれにテーマを立てれば却って面白いものになりそうだ。

そこで、森田部長、担当の番沢仁識君とよりより協議を重ねて、ご覧のようなテーマを策定したのである。講演の録音を起こして、それを単行本にすることも、予定した。

かくして、翌平成十二年四月八日、土曜日、東京・九段会館を皮切りに、全国縦断講演会は始まった。千人を超す聴衆を前に、鈴木荘夫社長（現会長）の挨拶、東京教育大学名誉教授・鎌田正博士の「我が師・諸橋轍次博士を語る」に続いて「漢詩と人生」と題し、第一回目の講演を行なった。

講演会には、熱心な人が何ヶ所も追っかけて来たり、各地の知人や教え子が訪ねて来たり、いろいろ楽しいことも多かった。体の調子も良く、無事、第八回目の札幌の「漢詩と歴史」を以て終了した。各回の会場、テーマ、相棒の講師のお名前や演題など、詳細は巻末の一覧表によって頂きたい。

八回の話をするに当っては、第一に、日本人に古くから親しまれた詩を、時代、地域、詩形など、なるべく偏りのないように選び、第二に、話はやさしく面白く、誰にでも理解できるように、と心がけた。つい、脱線して本題から離れることもあったが、それなりに面白いものは、敢てそのまま残したものもある。

講演が終って、録音を起こして、すぐに本になるわけにはいかない。今度は担当の北村尚子さんの助力を得て、話の重複するところ、表現の不適当なところを整理し、いくつかの参考地図や絵を添え、ようやくこのような形にまとめることができたのである。

できあがってみると、話し言葉の文章は、私のくせなども出ていて、なかなか面白い味がある。『石川忠久 漢詩の講義』という題は森田氏の発案とのこと、ちょっと面映《おもは》ゆいが、そのものズバリの趣きだ。

なお、講演では、詩を漢文の訓読で朗読し、併せて中国語の朗読もした。わが国独自の訓読法による朗誦には、長年の間に磨きぬいた調子があるし、中国語の朗読は、漢詩の原文の五言や七言のリズムを知るためには欠くことができない、と考えたからである。

そこで、大修館書店側の勧めもあり、漢文訓読と中国語の両方の朗読のＣＤを作ることとした。分量的に、講演に用いた資料全部は入れられないので、重要度などを勘案して取捨した。朗読は、烏滸《おこ》がましくも私自身が相いつとめた。活用していただければ、幸いである。

漢詩は、長く日本人に親しまれ、文化の基盤をなし、心の栄養となってきたものである。今日、学校教育であまりやらなくなっているのは、はなはだ遺憾である。学校でやらないなら、せめて社会で、機会をとらえて講演会なり、研修会なり、あるいはラジオやテレビを通して、漢詩の重要性を唱え、その魅力を語っていかなければ、と考えている。
終りに、大修館書店の皆さんに厚く感謝の意を表し、筆を擱く。

平成十四年壬午春節

石川忠久

【記】

本書は、大修館書店が二〇〇〇年四月から七月にかけて開催した日本縦断講演会「日本の漢字文化」の講演記録をもとに編集したものです。会場・日程・講師・講演タイトルは左記のとおり。

◆東京・九段会館ホール　四月八日
鎌田　正「我が師・諸橋轍次博士を語る」
石川忠久「漢詩と人生」

◆仙台市情報・産業プラザ　四月二十二日
丹羽基二「漢字と国字」
石川忠久「漢詩と自然」

◆新潟市民プラザ　五月十三日
村山吉廣「越後の漢学者たち」
石川忠久「漢詩と風土」

◆京都市・シルクホール　五月二〇日
丹羽基二「人名・地名と日本人」
石川忠久「漢詩と社会」

◆名古屋市・テレピアホール　六月三日
大庭　脩「蓬左文庫と漢字文化」
石川忠久「漢詩と紀行」

◆福岡市・都久志会館ホール　六月十七日
井出孫六「森鷗外・歴史小説を読む」
石川忠久「漢詩と日本人」

◆広島市・中國新聞ホール　六月二十四日
阿辻哲次「現代日本の漢字文化」
石川忠久「漢詩と恋愛」

◆札幌市・共済ホール　七月一日
井出孫六「司馬遷・史記を読む」
石川忠久「漢詩と歴史」

[著者紹介]
石川忠久（いしかわ　ただひさ）
東京都出身　東京大学文学部中国文学科卒業　同大学院修了
現在　二松学舎大学顧問
二松学舎大学・桜美林大学名誉教授　全国漢文教育学会会長　㈶斯文会理事長　全日本漢詩連盟会長　文学博士
主な著書　『漢詩の世界』『漢詩の風景』『漢詩日記』『漢詩を作る』『日本人の漢詩』（大修館書店）『石川忠久 中西進の漢詩歓談』（共著、大修館書店）『漢詩の楽しみ』『漢詩の魅力』（時事通信社）『詩経』（明徳出版社）『隠逸と田園』（小学館）『玉台新詠』（学習研究社）『唐詩選』（東方書店）『古詩』（明治書院）『陶淵明とその時代』『石川忠久著作選』〈第三回配本『東海の風雅』〉（研文出版）『漢詩をよむ　春の詩一〇〇選』〈春・夏・秋・冬　全四巻〉『漢詩をよむ　李白一〇〇選』〈杜甫・蘇東坡・白楽天・杜牧・陸游・王維〉『漢詩をよむ　陶淵明詩選』（NHKライブラリー・NHK出版）『ビジュアル漢詩　心の旅』〈全5巻〉（世界文化社）

石川忠久《いしかわただひさ》 漢詩《かんし》の講義《こうぎ》

NDC921/282p/20cm

初版第1刷――2002年4月25日
第4刷――2007年9月1日

著者――石川忠久《いしかわただひさ》
発行者――鈴木一行
発行所――株式会社大修館書店
〒101-8466 東京都千代田区神田錦町3-24
電話 03-3295-6231（販売部） 03-3294-2221（大代表）
振替 00190-7-40504
[出版情報] http://www.taishukan.co.jp

装丁者――井之上聖子
カバー画――牛尾 篤
印刷所――壮光舎印刷
製本所――牧製本

ISBN978-4-469-23222-6 Printed in Japan